L'UNIQUE OBJET DE MON REGARD

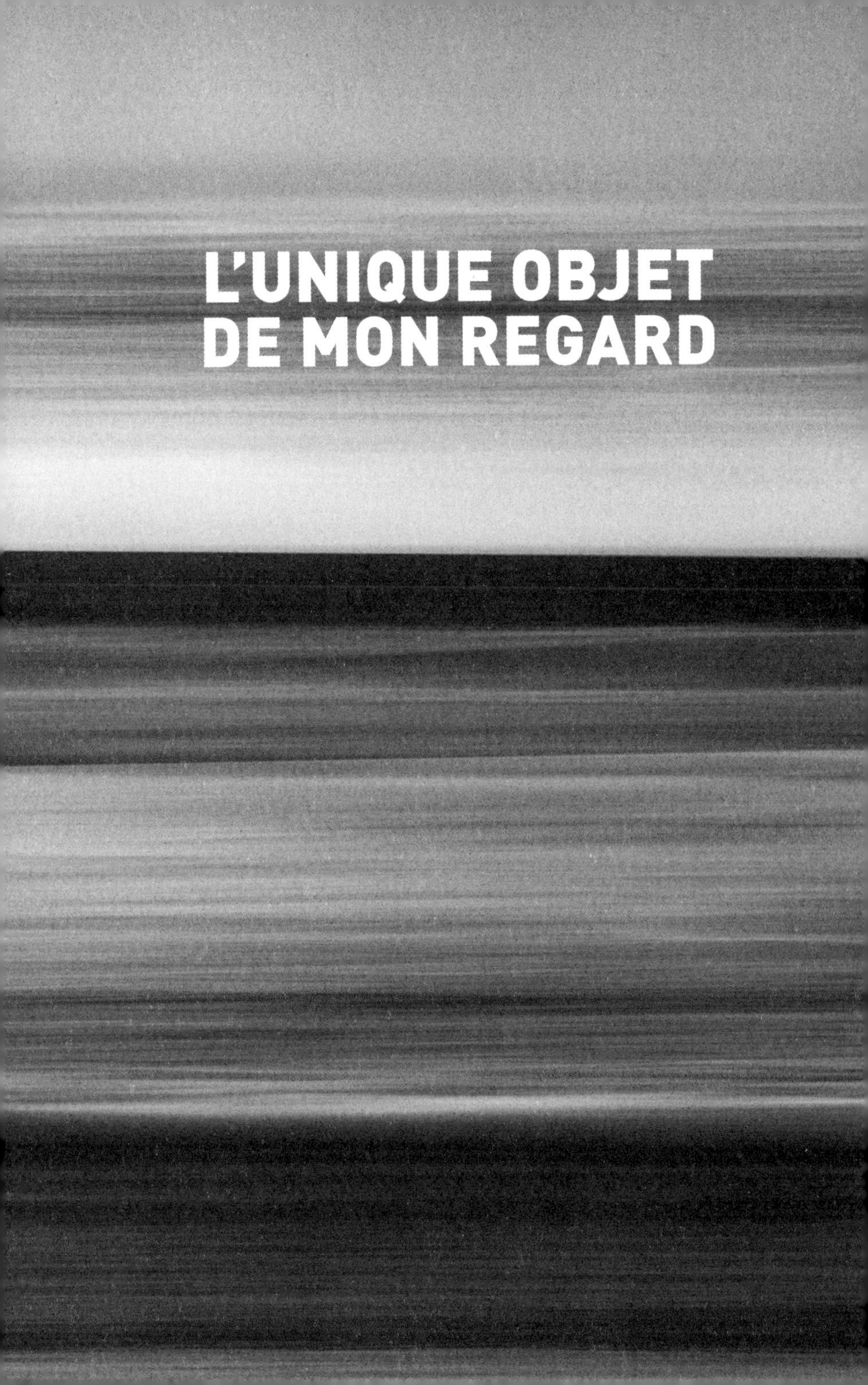

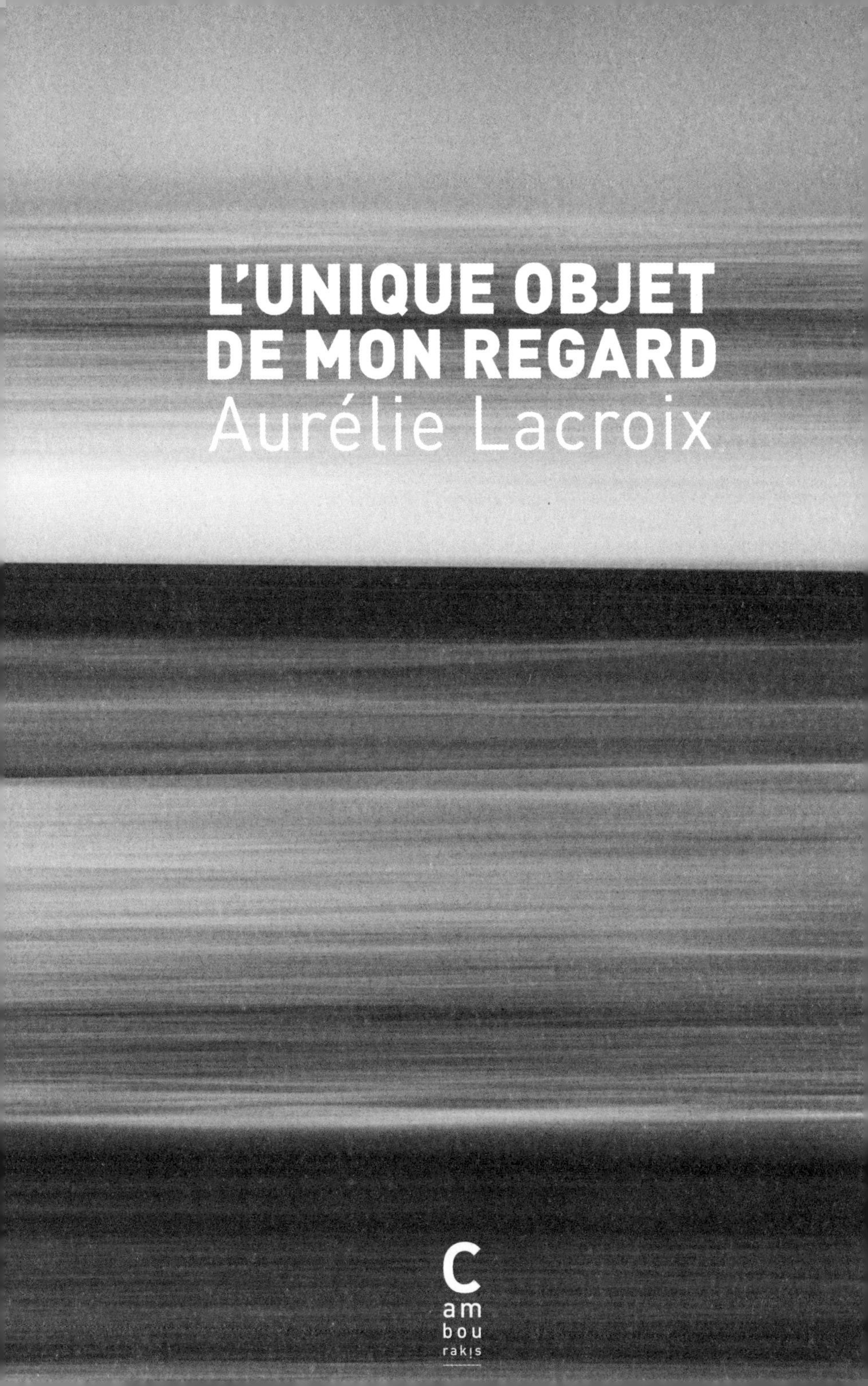

L'UNIQUE OBJET DE MON REGARD

Aurélie Lacroix

c
am
bou
rakis

Photographie de couverture :
iStock.com / Hanna Tor

Aurélie Lacroix est représentée par l'agence Trames.

À Lisa et Noé

Qu'est-ce que c'était ? Une passion ? Un amour ?
Une obsession érotique. Ou une de mes inventions ?
Hervé Guibert, *Fou de Vincent*

J'ai commencé à faire de moi-même
un être littéraire, quelqu'un qui vit les choses
comme si elles devaient être écrites un jour.
Annie Ernaux, *Mémoire de fille*

Le vent soulève le sable. Je n'ai jamais vu autant de courant dans l'océan. Nous sommes pratiquement seuls sur la plage en ce samedi de début septembre. L'été touche à sa fin mais il en reste des bribes. Nous posons nos serviettes. J'enlève mes baskets. Mon père entre dans l'eau le premier. Pendant que je mets mon maillot de bain, je ne le quitte pas des yeux. On entend seulement le bruit de l'océan. L'écume est tellement abondante que le bleu vire au blanc. Sa mousse, après avoir atteint ma peau, s'évapore en une fraction de seconde. L'eau ne me semble pas froide, je n'ai jamais craint l'eau froide. Je m'applique à le rejoindre, chaque vague me déporte vers la gauche. Je finis par me jeter sous l'une d'elles pour évaluer sa force. Si mon visage résiste, si je ne suis pas emportée, je sais que je peux rester dans l'eau, je ne risque rien. Les vagues s'enchaînent à une vitesse irréelle. Je n'ai pas vraiment le temps d'être à la surface. Sans nous parler nous savons que le moment est venu de sortir. Le sel ruisselle sur nos peaux, nos yeux sont éblouis par le soleil de fin de journée. Nous sommes là. Nous sommes vivants. Lui qui a failli mourir, moi qui voulais mourir.

*

La nuit n'est pas complètement noire. La lumière du couloir s'immisce sous la porte de la chambre. On nous veille en entrant à plusieurs reprises dans un silence discret. La porte qui se referme confirme à chaque fois que tout va bien. Combien de fois, pendant toutes ces années, me suis-je répété « jusqu'ici tout va bien » pour minimiser le chaos ? J'effleure ma peau avant de la toucher, cherchant à vérifier que c'est bien moi qui suis là, gisant dans ma propre obscurité. Jusqu'où va-t-on par amour, où nous conduit-il ? Dans le lit de la clinique psychiatrique où je viens d'être admise, au loin, j'entends le bruit d'un train. Il me ramène sur les quais, sur nos quais à elle et moi, sur ceux où nous nous sommes aimées, sur ceux où nous nous manquions déjà, sur ceux où nous nous sommes déchirées, sur ceux où nous nous sommes quittées. Ces trains que je prenais tous les mois, à l'époque, pour la rejoindre. Avant que le wagon ne s'immobilise complètement, mes yeux regardaient par la fenêtre pour tenter de la voir. Quand elle apparaissait, je n'avais plus qu'à emprunter ces trois marches qui me séparaient du sol, me jeter dans ses bras, sentir son odeur et sa chaleur, comme s'il n'y avait jamais eu l'absence. Les derniers mois avant notre séparation, elle n'était plus sur le quai, elle m'attendait plus loin, dans sa voiture, et c'était toujours la même déception quand je ne la voyais pas. Comme si elle ne m'attendait plus et que, sans cette attente, il n'y aurait pas la joie. Comme si le début d'un abandon s'esquissait et se précisait à chaque descente de train, face à ma solitude. J'avais commencé à détester Paris quand j'avais fini par admettre qu'elle ne viendrait jamais m'y retrouver. J'avais su à cet instant que j'étais sur le point de perdre la partie. Nous nous étions souvent demandé laquelle sortirait indemne de notre histoire. « Je ne peux pas vivre sans toi. » Cette phrase, nous nous l'étions répétée en boucle, comme si la prononcer plusieurs fois allait nous protéger. Laquelle sauverait sa peau ? Je frôle à nouveau la mienne. J'y décèle une certaine humidité. Sa salive semble n'avoir toujours pas séché malgré les années. Je serre le drap dans ma main gauche. Je plonge ma main droite dans ma bouche pour étouffer le cri qui ne demande qu'à sortir. Si je me relève, je me promets, à ce moment précis, d'écrire cette histoire, la nôtre, la mienne.

*

J'ai vécu la dernière année avant notre séparation comme une enfant sur un manège. Je comptais les tours, redoutant le dernier qui ne manquerait pas d'arriver. Après, la fête serait finie. Mon tour serait passé. Quand un amour s'arrête, qu'advient-il ? Quand on est éjecté du manège alors qu'on voudrait continuer de tourner, que devient-on ? Je lis un cahier rédigé par ma grand-mère il y a trente ans. Sur la première page, elle a inscrit cette phrase : une femme apprend vite à souffrir en silence. Avant que je n'oublie les détails, avant que mes souvenirs ne se brouillent, avant que je ne me trompe dans la chronologie, je sais ce qu'il me reste à faire. Je n'ai pas tenu de journal, je n'ai rempli aucun carnet, c'est sûrement ma plus grande erreur, aucune trace écrite de notre amour ni de sa cruauté. Je peux seulement me fier à ma mémoire. Cela fait des semaines que je cherche l'endroit idéal pour commencer cette histoire, mais la question n'est finalement peut-être pas tant de savoir où je vais l'écrire que comment je vais l'écrire.

C'est l'histoire d'un amour. Un amour qui se transforme en chagrin. Une passion dévorante qui conditionne une existence. L'amour fou. Celui qu'on a vu dans les films, celui qu'on a lu dans les livres, celui qu'on ne pensait jamais vivre. Une intensité pareille ne peut exister dans la réalité. Elle disait que je serais toujours là, avec elle, en elle. Où suis-je désormais ? Elle reste ma douleur fantôme. Je l'ai accepté. C'est une fêlure que j'ai dû apprivoiser. Après ce que nous avions vécu, c'était sûrement normal. Pourtant les autres se débrouillaient mieux que moi. Étais-je défaillante ? Ce que j'avais ressenti était-il unique ? Voilà l'étrange refrain dont on aime se bercer quand on est amoureux. Il rassure sur l'amour qui nous aspire, qui nous dépasse, ça l'apaise un peu. Un effet placebo. Je n'ai qu'à fermer les yeux pour sentir sa peau, sa langue contre la mienne. Je comptais ses grains de beauté. Les reliant les uns aux autres du bout de mes doigts, je dessinais sur elle. Elle voulait savoir quelle forme j'avais tracée. Je la lui décrivais. Elle insistait pour que je recommence. Elle mettait sa main sur ma nuque quand nous marchions ensemble et j'avais l'impression de lui appartenir. D'avoir tendu toute ma vie à cette appartenance. Ces bouts de moi, je les lui donnais sans aucune résistance parce qu'elle était tout ce que j'attendais de l'amour. C'était un amour absolu. Et quoi qu'il se soit passé, personne ne peut me l'enlever, ni elle, ni moi et surtout pas les autres.

1

Rien ne distingue les souvenirs
des autres moments. Ce n'est que plus tard
qu'ils se font reconnaître à leurs cicatrices.
Chris Marker, *La Jetée*

J'ai vu disparaître E. bien avant sa véritable disparition. Un samedi d'octobre 2011, dans un pavillon du 104, elle s'était évaporée, seulement quelques secondes, mais c'était terrifiant. Je m'étais empressée de la rattraper tant cette brève absence m'avait effrayée. Un court instant, j'avais entrevu ce que pouvait être ma vie sans elle. Je m'étais promis de m'en souvenir. Nous avions attendu pour entrer dans l'œuvre, la jauge était limitée. J'avais une longueur d'avance. J'avais déjà expérimenté *MUHKA, Anvers* d'Ann Veronica Janssens la veille, à Lille, à la gare Saint-Sauveur, lors d'un déplacement professionnel. La disparition dans l'espace des gens qui m'entouraient m'importait peu. La commissaire nous avait conviés dans cette pièce juste avant notre retour pour Paris. Le brouillard artificiel rendait sa perception impossible. Nous trouvions-nous dans dix ou dans deux cents mètres carrés ? Aucun moyen de le savoir, les murs étaient invisibles, je ne m'étais pas trop aventurée, je ne voulais pas me perdre. La commissaire nous avait raconté que l'artiste avait voulu reconstituer l'atmosphère fantomatique qui régnait à New York après l'effondrement des tours. Je l'ai répété à E. le lendemain, mais aucune allusion à cette interprétation de l'œuvre n'apparaissait nulle part. Toutes mes recherches à ce sujet sont restées vaines. Je ne m'explique toujours pas ce commentaire, la création de *MUHKA, Anvers* étant antérieure au 11 septembre 2001. Ma sensation s'en trouvait forcément influencée, car là où j'aurais pu percevoir un certain onirisme, un monde parallèle flottant, je voyais la mort, le désespoir, le chaos. Je pensais aux gens qui se cherchaient dans les décombres des Twin Towers. Pour moi *MUHKA, Anvers*, c'était la perte de l'autre. L'être qu'on ne peut pas atteindre alors qu'il est si proche. Un médiateur nous a fait entrer et a fermé la porte derrière lui. Il viendrait nous chercher, quelques minutes plus tard, pour laisser la place au groupe suivant. Nous avons avancé sans savoir où aller. Je ne lâchais pas la main de E. tant j'avais peur de la perdre. Dans cette brume blanche, je n'arrivais plus à localiser la porte. Elle m'a rassurée. Malgré l'absence totale de repères, elle visualisait très bien l'emplacement de la sortie. Des gens se déplaçaient autour de nous, nous pouvions seulement les entendre, comme si de minces cloisons avaient été érigées. Tout était étrangement immatériel. Je l'ai conduite jusqu'à ce qui me semblait être le centre de l'œuvre, mais comment savoir où était le centre ? Je me suis mise face à elle. J'ai lâché sa main. Je lui ai demandé de reculer pour qu'elle reste face à moi. Ce à quoi j'ai assisté ce jour-là est unique. Elle a littéralement disparu alors que moins d'un mètre nous séparait. Je vois encore son visage s'effacer, elle souriait, plus elle disparaissait, plus elle souriait. Ce devait être l'époque où elle portait du rouge à lèvres rouge. Dans mon souvenir, la puissance de son regard reste intacte, j'y discerne le vert de ses yeux, je devine du rouge et un imperméable beige. Je n'ai eu qu'à tendre mon bras et attraper le sien pour qu'elle réapparaisse dans mon champ de vision si restreint. La peur irrationnelle que j'avais ressentie avait plongé mon corps dans une agitation profonde. Impuissante, je venais d'assister à mon pire cauchemar : son éloignement, son arrachement à moi-même, devant mes yeux, elle s'était volatilisée. J'avais beau savoir que tout cela n'était pas vrai, qu'il s'agissait d'un simple dispositif pour éprouver ma condition de « visiteur », mon sang s'était figé.

Le vert de ses yeux. Nous avions mis plusieurs années à nous rendre compte que nos yeux étaient exactement de la même couleur. Nous l'avions constaté en regardant une photographie prise à Rome devant la fontaine des Tortues. C'est une des photos de nous deux que je préfère, une des rares que je peux regarder. Nous avons à peu près la même expression, un léger sourire et le vert de nos yeux contraste avec la lumière romaine. Nous l'avions prise nous-mêmes grâce au grand angle de mon appareil. Nous avions cherché cette fontaine pendant tout le séjour et ne l'avions trouvée que très peu de temps avant notre départ. C'était devenu une obsession à cause de ma fascination pour Pier Paolo Pasolini. J'avais lu dans une correspondance que, pour lui, la place Mattei caractérisait bien plus Rome que la place Saint-Pierre. À vingt-huit ans, en arrivant de sa banlieue, c'était sur ces tortues que son regard s'était arrêté. Sa mort demeure un mystère, un de ceux dont on doute s'il sera résolu un jour. Assassiné il y a plus de quarante-cinq ans, son corps est retrouvé le 2 novembre 1975 sur une plage d'Ostie. Cela s'apparente davantage à la scène macabre d'un film d'horreur qu'à la réalité. Son cœur et son foie sont éclatés, ses côtes brisées, son sternum enfoncé, son cou lacéré, sa mâchoire brisée, les doigts de sa main gauche coupés, son oreille gauche arrachée, la droite en lambeaux. C'est avec la propre voiture de Pasolini que son meurtrier lui a roulé plusieurs fois dessus. Un crime d'une sauvagerie inouïe qui est immédiatement considéré comme une affaire de mœurs, une soirée, une dispute qui aurait mal tourné. La femme qui le découvre insiste sur le fait qu'il ne ressemblait pas à un homme mais à un tas de chiffons, elle pensait que des enfants avaient déposé des ordures devant chez elle tant la forme humaine s'était disloquée. Il est non identifiable, la présence du sang sur ses papiers rendant difficile leur lecture. Syllabe après syllabe, un carabinier déchiffre, son identité est enfin révélée. On découvre que son corps, du moins ce qu'il en reste, a été partiellement brûlé, des traces d'essence sont retrouvées. Était-ce une mise en scène ? Des apparences trompeuses pour nous détourner de la vérité ? On ne l'avait pas seulement réduit au silence, on l'avait détruit, rendu méconnaissable, on l'avait annihilé. La veille de sa mort, il donne sa dernière interview entre quatre et six heures de l'après-midi, le journaliste lui demande s'il souhaite donner un titre à cet entretien. Il choisit : « Parce que nous sommes tous en danger. »

Deux ans après notre séparation, je suis retournée à Rome, Nous y avions été si heureuses en 2013. J'avais besoin d'y séjourner de nouveau. Pas pour me prouver que je pouvais le faire sans elle, juste pour la retrouver, plus précisément pour retrouver celles que nous avions été. Mais ça, je ne l'ai compris qu'une fois sur place. Je nous ai cherchées dans les rues du ghetto, aperçues dans les ruines du Teatro di Marcello, entendues dans les thermes de Caracalla. Je n'avais jamais mis un pied en Californie mais la lumière qui imprégnait les thermes était résolument californienne. Nous avions failli ne jamais les voir. Dans les jardins de la Villa Borghese, nous étudiions les guides et le plan pour essayer d'optimiser nos visites. Je venais de me rendre compte que leur billetterie fermait une demi-heure plus tard et ça me semblait bien trop juste. Mais devant la déception silencieuse de E. et le voile de tristesse qui s'était posé sur son visage, j'avais fermé les guides, roulé le plan sans respecter le sens des pliures et j'avais attrapé sa main. « Tu es prête ? On court, on y va. » E. avait cette vulnérabilité qui m'émouvait tout le temps. Nous avions couru dans les couloirs du métro, traversé la ville du nord au sud, emprunté deux lignes de métro, de la station Flaminio à celle de Circo Massimo, nous entendions nos rires et le bruit de nos tropéziennes qui tapaient sur le sol. Nous avons atteint le guichet trois minutes avant la fermeture, essoufflées mais victorieuses.

Les affiches de *La Grande Bellezza* de Paolo Sorrentino étaient omniprésentes à chaque coin de la ville. Dans la scène d'ouverture, dos à la fontaine de l'Acqua Paola, sur le belvédère Niccolò Scatoli, un touriste japonais s'effondre, terrassé devant tant de beauté. Le syndrome de Stendhal. Il meurt sur le coup. Du bus qui nous ramenait dans le centre, nous avons remarqué un jogger s'écrouler sur le bitume. Sur le dos, les yeux ouverts vers le ciel, il ne bougeait plus. Un homme s'était arrêté, je l'avais vu lui aussi, à travers la vitre, qui s'agitait avec son portable pour appeler les secours. « Parce que nous sommes tous en danger. »

En début de soirée, j'avais pleuré d'émotion. Sur la terrasse, au premier étage, à l'arrière du monument Victor-Emmanuel II, la vision de la Rome antique m'avait bouleversée. Mais c'était aussi d'avoir réussi à l'emmener ici qui me faisait pleurer de joie. C'était avec elle et personne d'autre que je voulais découvrir cette ville pour la première fois. Cette femme, que j'avais tant eu peur de perdre ces dix dernières années, se tenait derrière moi, m'enlaçant, son menton posé sur mon épaule droite. J'aurais pu écrire *ma femme* mais nous n'avions jamais employé ce mot pour parler l'une de l'autre. Une mouette nous avait fixées avant de prendre son envol. Devant ce paysage d'archives, nous l'avions à notre tour observée déployer ses ailes, plongeant vers les pins parasols.

On m'a souvent demandé si revenir dans des lieux où j'avais des souvenirs avec E. n'était pas trop perturbant. Je répondais que si je m'arrêtais à cette question, je ne pourrais plus aller nulle part. Je n'avais plus de lieux neutres. C'est l'effet vortex que décrit Joan Didion dans *L'Année de la pensée magique*. Après la mort de son mari, elle se demande comment elle va tenir si elle n'est déjà pas capable de se rendre plus loin que Boston sans être submergée. Il allait falloir faire preuve d'ingéniosité pour contourner ces lieux sensibles, les transformer, les neutraliser. Nous n'avions pas pu nous rendre au musée du Vatican, la file d'attente était si longue qu'après une heure nous avions renoncé. En cette fin juin, la température était déjà très élevée, nos corps ne le supporteraient pas. E. s'était mise à pleurer, avec douceur j'avais promis que nous reviendrions à Rome, je lui avais juré que nous verrions la chapelle Sixtine ensemble. Dans le bus qui nous conduisait à l'aéroport, une tristesse soudaine m'avait envahie, avais-je déjà compris que ça ne se produirait pas ? Six ans après, j'ai franchi seule les mètres qui nous avaient été interdits, ceux qui séparaient le début de la file d'attente de l'entrée du musée. La chapelle Sixtine était censée être un lieu neutre. J'avais immédiatement repéré l'unique banc disponible en entrant dans la salle. J'y étais restée assise plusieurs minutes. Le garde, concentré sur les gens debout au milieu de la pièce, ne semblait pas m'avoir remarquée. Il pressait la foule vers la sortie, aucune station à l'arrêt n'étant autorisée. Mais la chapelle Sixtine n'avait pas tenu sa promesse de neutralité. À chaque seconde de contemplation, E. était là, je sentais si intensément sa présence que j'ai longtemps pensé que la place, étonnement vacante à ma droite, lui avait été réservée. Ce 19 mai 2019, dix-sept ans jour pour jour après celui de notre rencontre, à vingt heures, à soixante-dix-huit ans, Giorgio Moroder poursuivait sa tournée mondiale à l'auditorium Parco Della Musica. Il jouait à guichets fermés. Comme l'écrit Joan Didion, « revenir en arrière était le meilleur moyen de se laisser submerger ».

*

Quand j'étais enfant, je me suis juré de tout faire pour ne jamais mourir de chagrin. J'ai eu assez tôt peur de la mort, vers cinq ans je dirais. Que le monde continue à tourner sans moi m'angoissait terriblement. Je me demandais sans cesse où j'irais, où je serais quand le monde continuerait de tourner. En réalité, je n'avais pas vraiment peur de mourir, j'avais peur de ne plus jamais exister et je tenais particulièrement à cette nuance. Il y a une façon de mourir qui me terrifiait par-dessus tout. Le jour où j'ai entendu les adultes parler d'une femme en disant « elle est morte de chagrin », je me suis dit qu'il ne pouvait pas y avoir de mort plus douloureuse. Cela semblait atroce, mystérieux, j'avais du mal à me l'imaginer. Comment pouvait-on *réellement* mourir de chagrin ? Je ne comprenais pas. À quel organe s'attaquait-il en premier ? J'étais persuadée que ça avait un lien avec les larmes. Forcément. Quand on avait du chagrin, on pleurait. C'était sûrement le début des problèmes. Que fallait-il faire pour éviter une fin pareille ? Une chose était sûre, ça avait l'air dangereux. Il fallait s'en tenir à distance.

2

18 mai 1978. Comme l'amour, le deuil frappe le monde, le mondain, d'irréalité, d'importunité. Je résiste au monde, je souffre de ce qu'il me demande, de sa demande. Le monde accroît ma tristesse, ma sécheresse, mon désarroi, mon irritation, etc. Le monde me déprime.

Roland Barthes, *Journal de deuil*

C'est une nuit d'août. Une nuit de 1996. Une nuit parisienne qui revient comme un très long flash-back. Une nuit où ma tante est encore en vie. J'ai treize ans. Nous faisons une pause au numéro treize de la place Vendôme pour voir le mètre étalon. La voiture noire avance dans les rues de la capitale. La lumière des phares projette des ombres sur les arcades, rue de Rivoli. La bande originale de *Midnight Express* au volume maximum. La piste 3 composée par Giorgio Moroder. J'ai attendu longtemps avant de regarder le film. J'ai fini par le faire en clinique psychiatrique. Il y est question de l'enfer carcéral d'un homme condamné à perpétuité où l'espoir d'une évasion lui permet de tenir. Sur le dernier plan, il marche de dos dans la lumière de la ville, il marche de plus en plus vite, il finit par courir, il a réussi, il s'est évadé. Son corps s'éloigne. Générique.

J'écoutais les balles de ping-pong s'écraser sur le bois de la table. Je ne comptais pas les points, je suivais des yeux leur trajectoire. Je les regardais tomber par terre. Je fumais et des gens *dans ma situation* jouaient. J'écris *dans ma situation*, je ne connaissais pas nécessairement leur histoire mais nous avions tous chuté. Malgré nos faiblesses nous avions la force de l'avoir accepté. Nous étions au même niveau. Les sourires dans les couloirs en disaient long. Je n'étais plus qu'une masse, une forme, spectatrice au milieu du désastre. Un truc figé régi par la sidération. Un objet cassé. Dans ma chambre, en regardant les arbres bouger au rythme du vent, je me demandais où finissaient les objets cassés. Je pensais à ce musée, le Salvage Art Institute, dans la banlieue de New York, qui récupère les œuvres d'art abîmées (dans les transports, dans les musées, pendant leur réalisation) pour les exposer. Ces pièces *ni mortes ni valables* sont présentées sur des tables roulantes pour que chaque partie soit accessible et manipulable par les visiteurs. J'étais comme ces œuvres, ni morte, ni valable, à cœur ouvert. J'étais nue, la peau presque transparente, les organes apparents et réceptifs à la dureté du monde. Je me qualifiais de *déchet*, ce mot me semblait le plus approprié pour décrire mon état. L'histoire du roseau était terminée, il avait cédé. Je regardais le plafond mais aucun mobile ne tournait. Ce qui tournait autour de moi, c'étaient tous ces événements qui s'étaient produits. « Ma vie s'est effondrée. Je me suis effondrée. »

Les années s'écoulant, les gens autour de nous oublient, ils sont passés à autre chose quand nous sommes encore en train de tenter d'assimiler ce qu'il s'est produit et comment cela s'est produit, voire à se demander si ça s'est réellement produit. Virginie, dont j'ai été la collaboratrice et qui a tant compté pour moi, m'avait dit quelques mois avant de mourir « la première année les gens sont incroyablement présents, la deuxième année la vie l'emporte sur la maladie, ils commencent à oublier, c'est tout à fait normal, et la troisième année, je ne sais pas comment te dire, ben la troisième année, tu meurs ». Quand les gens ont appris que je m'étais effondrée, la même question revenait sans cesse : « Mais qu'est-ce qu'il s'est passé ? » « Rien de plus que ce qui est déjà arrivé » était tout ce que j'avais envie de répondre. J'avais décompensé. Je ne suis pas certaine qu'un cœur en mille morceaux se recolle, il faut juste l'inciter à battre différemment. Dans une petite maison noire, sur l'île de Teshima, on peut entendre les battements de mon cœur, au sein de l'œuvre participative de Christian Boltanski, les *Archives du cœur*, une collecte mondiale de pulsations d'anonymes. Si on comparait mes battements d'aujourd'hui à ceux enregistrés en 2010, qu'entendrait-on ? Rien ne s'est vu sur le tracé de l'électrocardiogramme qu'on m'a fait passer à mon arrivée à la clinique. Une erreur s'est pourtant glissée sur le document. Nous étions le 16 janvier 2020, mais dans l'espace réservé à la date, on avait inscrit le 14 février. La Saint-Valentin comme une manière hasardeuse de me rappeler que la maladie dont je souffrais était l'amour. À mon arrivée, je n'avais pas subi le même sort que les autres patients, personne n'avait fouillé ma valise à la recherche de médicaments, de stupéfiants, de toute trace d'addiction. J'étais pourtant droguée à un autre être humain. J'étais contaminée. Je me demandais si une ombre était perceptible à côté de moi ou si j'étais la seule à la sentir. E. disait que nous nous étions aimées dans une vie antérieure, elle était persuadée que notre amour avait été empêché, que nous avions été séparées, que nous nous étions retrouvées mais que le manque éprouvé ne pourrait jamais être comblé. Je ne sais toujours pas si je crois aux vies antérieures. Même dans cette vie, notre amour avait été contrarié. E. aimait bien dire des phrases qui n'allaient pas ensemble, la seconde annulant immédiatement la première. Elle disait « on s'aime mais ça ne suffit pas » et elle disait aussi « l'important c'est que nous nous aimons, c'est tout ce qui compte ». Mais est-ce que c'était tout ce qui comptait si ça ne suffisait pas ?

Quand je suis arrivée aux urgences psychiatriques de Charles-Perrens le 12 janvier 2020, je n'ose imaginer ce qu'il émanait de moi. J'avais un bonnet que je ne quittais pas, un bonnet gris, acheté avec

E. à Londres. Ce fut notre dernier voyage, elle m'y avait promis que nous allions nous en sortir. Lors du premier entretien, je l'avais ôté en expliquant que j'étais normalement une personne qui prenait soin d'elle physiquement, que je le portais car je ne me lavais plus les cheveux. Que ne plus se laver les cheveux signifiait que je n'étais plus là. Et que cette absence de moi était ce qui me faisait le plus souffrir. Il y avait tellement de bruit dans ma tête, un flux de pensées permanent qui éreinte. Ce flux de pensées ne me laissait plus de place pour exister, il n'y avait plus de place pour moi. Je commençais à disparaître. J'avais des difficultés à déplacer mon corps. Ce corps que mon père avait vu courir quelques heures auparavant sur ma terrasse, cherchant dans la terreur une issue introuvable. Je n'avais qu'un souhait, que cette douleur qui irradiait constamment de ma tête à mes pieds cesse. Je connaissais le chemin, il m'y avait conduite, déjà à ma demande, en novembre. Je connaissais le protocole, il fallait s'enregistrer, attendre, voir un infirmier puis un psychiatre. Le temps de l'attente, j'observais les gens arriver sur des brancards, leurs proches qui les accompagnaient avec des valises. Un enfant regardait silencieusement son père dire au revoir à sa mère. Le père lui avait tendu un grand sac bleu Ikea, ils pleuraient tous les deux et elle avait pris le chemin de l'hôpital. Il avait attrapé la main de son fils, les portes automatiques s'étaient ouvertes, je les avais vus partir de dos dans la nuit. Ils avaient marqué un temps d'arrêt, se tournant vers son garçon, le père s'était baissé, avait posé un genou à terre pour se mettre à son niveau et lui avait remonté sa fermeture Éclair. La femme assise à côté de moi dans cette salle d'attente était venue seule à vélo. Malgré la zone de confidentialité, je l'avais entendue expliquer que sa lumière était cassée. « Je ne voyais rien dans la nuit. » J'avais fini par m'allonger sur les sièges disponibles. Je pensais à Kate Gompert, Katherine Ann Gompert, vingt et un ans, admise après une tentative de suicide, après ingestion de plusieurs médicaments dont le Zoloft, la molécule qui, circulant dans mon sang depuis plusieurs semaines, était censée m'apporter bien-être et soulagement. À l'affirmation du médecin « vous vouliez vraiment vous faire du mal, alors, semble-t-il », Kate répond « je n'ai pas essayé de me faire du mal. J'ai essayé de me tuer. C'est pas la même chose ». Et elle ajoute : « Vous avez déjà eu mal au cœur ? Au sens de la nausée, je veux dire, comme si vous alliez vomir ? » Elle attend à peine la réponse du médecin pour enchaîner. « Imaginez que vous ressentiez ça de partout à l'intérieur. À travers vous. Comme si chaque atome, chaque cellule, chaque cellule cérébrale, je sais pas, était tellement nauséeuse qu'elle avait envie de gerber mais qu'elle pouvait pas, et vous ressentez ça tout le temps et vous êtes sûr, absolument certain que cette sensation s'arrêtera jamais, que vous allez la ressentir toute votre vie. » C'était exactement ça. Je ne voulais pas mourir, je voulais ne plus avoir mal. C'est ce mal qu'on ne sait pas faire taire qui conduit au suicide. La douleur, trop dure à supporter, laisse penser que seule la mort pourra mettre un terme à la souffrance, qu'elle seule pourra apporter ce soulagement intense. Kate Gompert est un personnage d'*Infinite Jest* de David Foster Wallace, publié aux États-Unis en 1996. L'auteur se suicide en 2008, par pendaison, à Claremont, en Californie, à l'âge de quarante-six ans.

On m'a posé une série de questions auxquelles il fallait répondre par oui ou par non : est-ce que j'avais des idées suicidaires, est-ce que je fumais, est-ce que je me droguais ? Pour finir, on m'a demandé si j'avais été victime de violence conjugale, j'ai secoué la tête négativement. Dans l'imaginaire collectif, violence conjugale égale visage tuméfié, ecchymoses, clavicule cassée, sang qui coule, os qui craquent, bruit des coups qui pleuvent. La violence peut s'avérer plus sourde, moins visible et peu évidente à révéler. Des scènes de violence, E. et moi, nous en avions vécues. De la violence verbale qui avait entraîné de la violence physique. Le jour où E. m'a craché au visage, j'aurais dû partir mais je suis restée. Est-ce que je tenais ses bras pour la calmer ce jour-là, n'avait-elle pas d'autres moyens pour se défendre ? Étais-je responsable ? L'avais-je mérité ? Le jour où je l'ai poussée contre un placard, elle aurait dû partir mais elle est restée.

Extrait du compte rendu d'hospitalisation

« La patiente a été admise le 15 janvier 2020 à la suite d'une consultation aux urgences du Centre hospitalier Charles-Perrens le 12 janvier. Elle est dans un état de souffrance sévère, submergée par des ruminations anxieuses. Son discours est cohérent. Elle remet en question dans les 48 premières heures son hospitalisation, étape difficile à accepter, aucune demande explicite n'est formulée. Elle ne se montre pas résistante aux entretiens, au contraire, il apparaît qu'elle est en recherche d'aide extérieure. Elle a subi durant les trois dernières années un enchaînement d'événements fragilisants : annonce d'une pathologie cancéreuse de son père, rupture amoureuse avec sa compagne après une longue relation à distance (quinze ans), décès récent des suites d'une pathologie cancéreuse de son ancienne collègue qu'elle considérait comme « un pilier de sa vie », qui ravive une perte plus ancienne, celle de sa tante maternelle décédée, en 2005, d'un cancer du côlon à l'âge de 42 ans. La patiente décrit cette dernière comme « la personne qui avait le plus d'influence dans sa vie ». Déménagement, changement d'orientation professionnelle, prise d'un nouveau poste, décès brutal de son oncle maternel qui était également son parrain, il y a tout juste un mois. Célibataire sans enfants, elle vit seule. Des anxiolytiques lui sont administrés pour réduire l'angoisse très forte qu'elle ressent. Elle demande qu'on lui apporte son dîner en chambre le premier soir, elle investit la salle commune pour les repas dès le lendemain matin. Son état suscite chez elle une très forte culpabilité. Elle est en demande d'écoute +++ et de réassurance. Les symptômes dépressifs sont apparus en octobre 2019. [...] Elle doit faire le deuil de son idéal de vie. »

Quand je suis entrée dans la chambre, j'étais vaincue. Je pleurais sans bruit. On m'a présenté le lit qui serait le mien pour trois semaines, il était près de la fenêtre. Il avait été si difficile pour moi d'admettre la nécessité de cette prise en charge. Qu'on me laisse tranquille, qu'on me laisse exprimer mon chagrin, ma colère, qu'on me laisse pleurer. La chambre était double, cette perspective ne m'enchantait guère mais mon état ne me permettait pas d'attendre qu'une chambre individuelle se libère. Deux jours auparavant, on m'avait demandé de faire un choix : être admise en hôpital psychiatrique où nous serions trois par chambre ou mettre mon nom sur une liste d'attente pour une clinique privée. J'avais penché pour la deuxième option en prenant le risque que mon état se dégrade un peu plus. L'infirmière des urgences psychiatriques avait été formelle : si je continuais comme ça j'allais mettre fin à mes jours. Tout le monde était unanime sur ce point. Je n'avais pas eu longtemps à patienter, deux jours après, un lit m'était attribué. Accepter de se rendre en clinique psychiatrique est un déchirement. Pourtant, la veille de mon départ, j'étais sereine. J'avais quand même éclaté en sanglots quand mon amie Pauline m'avait appelée tard ce mardi soir et que je m'étais entendue lui dire « je suis hospitalisée demain ». Puis elle avait réussi à me faire rire. Entendre mon rire était si précieux. On ne l'entendait plus depuis des semaines, ou alors par légères intermittences, quand un sursaut de vie me traversait encore. Mais ces sursauts se faisaient de plus en plus rares, mes parents auraient confirmé qu'ils étaient inexistants. J'avais fait ma valise comme si je partais en voyage. J'avais pris deux pyjamas. Je ne savais pas quand je reviendrais. L'administration avait parlé d'un mois. Ma mère m'avait aidée à plier mes vêtements. Elle semblait soulagée. Elle avait fait tout ce qu'elle avait pu pour que je reste debout. Un amour infaillible. C'est aussi pour elle que j'y allais, pour mon père, pour eux, mes parents, désarmés face à mon délitement. Pour ma sœur, impuissante, qui m'avait demandé, quelques jours auparavant, si elle devait venir signer les papiers pour moi. Pour tous les trois, pour qu'ils n'aient pas à prendre la décision de m'interner. C'est moi qui ai conduit la voiture en ce matin de janvier, ma mère côté passager regardait le paysage défiler, la gorge nouée. Je m'étais battue mais je n'y étais pas arrivée. J'avais échoué. J'étais comme ces nageurs dans l'océan, qui voient leur parasol se décrocher du sable et qui se demandent si cela vaut la peine de courir. Arriverais-je à temps pour me sauver ? Rien n'était sûr. Aucune garantie.

3

Je n'avais pas fait le choix de tomber amoureuse de E., mais j'avais choisi de le lui dire. Aussi étrange que cela puisse paraître, je n'avais jamais anticipé cette scène. Cette déclaration avait peut-être même eu lieu au moment où je m'y attendais le moins, comme quelque chose de viscéral que je ne pouvais plus contenir. Le soleil du mois de mai filtrait à travers les volets de ma chambre, cette chambre où j'avais passé toute mon enfance et toute mon adolescence. Une adolescence dont je sortais à peine. J'avais du mal avec cet état amoureux. J'aurais dû être euphorique mais j'avais peur. Au début, c'est vrai, il y avait eu une sorte d'euphorie que je n'avais pas trop su à quoi attribuer. J'irradiais, on me l'avait souvent fait remarquer. Juliette, ma meilleure amie, m'avait demandé si j'étais amoureuse, j'avais répondu que non, je ne comprenais pas ce qu'il se passait mais je savais qu'il m'arrivait quelque chose. Cet amour était déjà là, prêt à me consumer. Le premier amour. Quand j'avais invité E. à dormir, je ne m'étais pas imaginé que, le lendemain, elle partirait en connaissant le secret qui me rongeait depuis des mois. Que lorsqu'elle passerait la porte, rien ne serait plus jamais comme avant. Je ne savais pas comment elle réagirait ni ce qui serait le pire : la perdre, qu'elle disparaisse de ma vie, ou que mes sentiments ne soient pas réciproques.

J'ai toujours raconté notre rencontre de la même façon : elle entre dans la pièce, nos regards se croisent, à l'intérieur de moi, une décharge électrique, brève mais intense, m'immobilise. Je sais que c'est elle. Il me faudra plusieurs jours pour assimiler ces sensations. Il s'était produit quelque chose. Une secousse. Un tremblement. Des palpitations. Une sorte de déflagration. Peut-on s'aimer en un regard ? Dans le hall d'entrée de Juliette, l'évidence m'avait foudroyée. Je savais qu'en face de moi se tenait le grand amour de ma vie. Je l'avais reconnu. Ce qui a tout fait basculer, c'était le regard que nous avons échangé. Je me dirigeais tout droit vers un cataclysme, je l'ai su tout de suite, je serais malhonnête de ne pas ajouter combien c'était excitant pour autant. La panique et l'exaltation. J'allais fêter mes dix-neuf ans, E. ses dix-sept. Sur les télévisions du monde entier, le vice-président américain Dick Cheney annonçait qu'une nouvelle attaque d'Al-Qaïda était « pratiquement une certitude ». Ce dimanche 19 mai 2002, c'est exactement ce que je ressentais : une quasi-certitude.

Quelques jours plus tard, j'ai assisté à la pièce de fin d'année de Juliette, qui prenait des cours de théâtre. E. jouait aussi. J'étais tombée amoureuse d'une actrice, on ne voyait qu'elle, en tous cas, moi je ne voyais qu'elle. La pièce était très mauvaise, mais elle la tenait tout entière, comme si elle dirigeait une marionnette en tirant sur chaque fil avec application, dextérité et une inquiétante détermination. Était-ce son talent qui m'avait profondément touchée ? Ou sa sensibilité ? Ou les deux en même temps ? J'étais fascinée. Elle avait une classe folle, une élégance naturelle, un charisme dément. Quelque chose m'intriguait : quand elle souriait, son visage se métamorphosait, si bien que j'avais l'impression d'être en présence de deux personnes différentes. Elle était d'une beauté éblouissante dans les deux cas. Cette dualité mystérieuse m'avait attirée comme un papillon l'est par la lumière. Cette soirée avait confirmé ce que j'avais ressenti dans le hall d'entrée. Je lui avais envoyé un texto pour lui dire combien je l'avais trouvée talentueuse. Juliette n'avait pas très bien compris pourquoi je lui avais demandé le numéro de E. en rentrant chez moi juste après le spectacle, comme si ça ne pouvait pas attendre le lendemain. E. avait immédiatement répondu. Nous nous étions alors promis d'aller boire un verre ensemble très bientôt.

Je ne me posais pas la question de mon orientation sexuelle. J'avais été profondément amoureuse d'un garçon à quinze ans. Il n'avait pas voulu de moi, je m'en étais remise. Je n'avais pas prévu de tomber amoureuse d'une fille. Je n'étais pas intéressée par les filles. E. était et reste la seule. Ce qui me préoccupait, c'était d'être amoureuse, pas le reste. Je l'aimais, il se trouvait que c'était une fille, ça n'était pas un problème pour moi mais j'avais conscience que rien ne serait simple et que notre amour ne serait peut-être jamais serein parce qu'il allait falloir montrer aux autres qu'il était plus fort que le reste. Et même si ce n'était pas un problème, ça n'a pas été facile pour autant. C'était perturbant. C'était inattendu. Elle aimait les garçons aussi. Il allait falloir la séduire, il allait falloir la convaincre.

Au départ, je ne savais pas comment faire. Je n'ai rien dit pendant des mois. Je ne pouvais déjà plus me passer d'elle, c'était trop tard, parler impliquait le risque de la perdre, je préférais souffrir en silence. Ma stratégie avait été d'occuper l'espace, de rendre notre lien assez solide pour qu'elle ne s'enfuie pas si je prenais la décision de lui parler. Elle m'obsédait jour et nuit. Ne pas l'avoir et ne pas savoir si je pouvais l'avoir me rendait dingue. J'avais maigri, j'étais plus sombre. J'attendais chacune de ses réponses à mes messages, j'attendais chaque rendez-vous. Souvent, je me disais que je ne lui donnerais plus jamais de nouvelles, que j'allais disparaître de sa vie, mais je n'y parvenais pas. Le temps sans elle me paraissait infiniment long et décuplait mon impatience. Il y avait le monde, c'est-à-dire les autres, et elle. J'ai compris que j'étais amoureuse lorsque je me suis imaginé lui dire « oui » si elle me demandait de partir avec elle au bout du monde, alors que nous nous connaissions à peine. J'ai compris que j'étais amoureuse quand j'ai réalisé qu'effectivement elle pouvait m'emmener au bout du monde, que c'était même la seule chose que je désirais, partir au bout du monde avec elle. Dans mes rêveries, je nous visualisais dans un avion, moi qui ne l'avais jamais pris, moi qui avais même peur de le prendre. Un huis clos flottant, à bord d'un long courrier où, déconnectées du monde, nous aurions le temps, étanches à ses contraintes, de nous découvrir. Comme si nous nous étions kidnappées mutuellement.

Une partie infime de moi-même espérait que mes sentiments s'estompent, c'était plus simple, aucune prise de risque. Toutes les autres parties étaient conscientes de la force de l'amour qui était déjà là. C'était déjà plus fort que moi. Quand je raccompagnais E. chez elle après nos soirées entre amis, la conversation se poursuivait dans la voiture. Ce n'était pas du tout mon chemin, nos parents habitaient à l'opposé, mais la ramener chez elle et l'avoir pour moi toute seule quelques instants récompensaient mon attente de la semaine. Nous n'arrivions déjà pas à nous quitter. J'ai souvent pensé que les lumières de la ville dans la nuit étoilée, le silence autour de nous – parfois nous entendions le coassement des grenouilles – allaient me donner du courage, mais ça se terminait toujours de la même manière, elle refermait la portière et je démarrais. Personne ne se doutait de ce que je ressentais, à part Juliette, à qui je n'avais pas eu grand-chose à expliquer. J'ignore comment elle avait deviné, je n'avais même pas eu besoin de prononcer un prénom, elle l'avait fait pour moi. Je ne voulais absolument rien montrer à E., j'avais si peur que mon corps me trahisse qu'une fois je ne lui ai même pas dit bonjour, j'ai salué toutes les autres personnes du groupe sauf elle. Je voulais paraître détachée. Ces moments à plusieurs m'offraient le loisir de la contempler sans en avoir l'air, de l'observer minutieusement tout en donnant l'impression d'être incroyablement accaparée par autre chose. J'étais insoupçonnable.

E. a réagi violemment à ma déclaration, la considérant comme une trahison. Pour elle, j'avais trahi notre amitié, c'était comme si j'avais menti. Je n'avais pourtant pas triché, jusqu'à la fin elle a aussi été mon amie. J'avais simplement été poussée par mon instinct : il fallait que je lui parle pour ne pas passer à côté d'une partie de ma vie. Je tentais de me persuader que mes sentiments avaient nécessairement un sens, que je n'étais pas tombée amoureuse d'elle par hasard. Je pensais avoir lu dans ses yeux la possibilité, la permission de l'aimer, presque un encouragement. Comme si elle attendait que je me déclare, comme si chacune se demandait laquelle de nous deux confesserait son trouble en premier. Sans le lui dire, un mercredi, je m'étais invitée à un rendez-vous qu'elle avait fixé avec Juliette. Quand elle m'avait aperçue, elle avait couru vers moi, en souriant, elle courait de plus en plus vite pour me rejoindre. Même Juliette avait été déstabilisée par cet empressement. Je sentais son affection s'amplifier de semaine en semaine, notre complicité gagner en profondeur. Je percevais l'estime qu'elle me portait avec toute la réserve qui la caractérisait. E. était discrète. Elle parlait seulement quand elle avait quelque chose d'important à dire. Les silences qu'elle m'adressait étaient admiratifs. Elle m'intimidait. Nous avions déjà la même vision du monde, les mêmes valeurs à partager. Pourtant, j'ai d'abord dû affronter son rejet. Un rejet bref, mais manifeste. Nous étions allongées dos à dos lorsque j'ai amorcé mon annonce. J'ai senti qu'elle avait compris quand elle s'est relevée brusquement pour s'asseoir sur le lit, je m'étais lentement retournée pour déclarer en dirigeant mon regard vers le sien « je crois que je suis tombée amoureuse de toi ». Quand j'étais enfant, j'étais persuadée qu'être amoureux était dangereux, à cause du mot *tombé* auquel il est accolé. Cette chute vertigineuse m'impressionnait.

Quelques jours après cet aveu, nous nous étions retrouvées à plusieurs, comme nous le faisions tous les week-ends. Malgré tous nos efforts, une sorte de malaise était perceptible. J'avais demandé à E. si nous pouvions nous isoler pour nous parler. « Je ne peux même pas te regarder » avaient été ses premiers mots. Dans mon souvenir, elle regardait ses pieds, incapable de croiser mon regard. « On se reverra mais j'ai besoin de temps. » Quelques minutes après, elle était partie. J'étais assise sur des marches, Juliette m'avait rejointe : « Je ne comprends pas la violence de sa réaction. Moi, j'aurais commencé par être flattée. » J'avais souri et elle m'avait aidée à me relever. Je me sentais coupable avec l'impression profonde d'avoir tout gâché. Un an venait de s'écouler depuis notre rencontre.

Ce jour-là, j'allais partir quand E. est arrivée. Qu'aurait été ma vie si j'avais quitté la pièce avant qu'elle n'apparaisse ? Je n'ai jamais vraiment cru au hasard. Les choses qui doivent arriver arrivent, elles finissent toujours par advenir d'une manière ou d'une autre. Quand je me surprends encore à en douter, je pense à Marta Becket. À sa vie, à sa force romanesque, aux événements qui ont déterminé son sort. Née à New York, Marta Becket a passé la moitié de sa vie aux portes de la vallée de la Mort, à Death Valley Junction. Un hasard l'y aurait conduite en 1967, elle n'en est plus jamais partie. Marta est danseuse, chorégraphe et peintre. Elle rencontre son mari, Tom Williams, à l'âge de trente-quatre ans, près du Madison Square Garden où, chacun de leur côté, ils sont venus voir les éléphants quitter le cirque, quitter New York. Chaque année au printemps, les éléphants traversent la 9ᵉ, puis la 57ᵉ Rue, rejoignent la 2ᵉ Avenue et s'éloignent vers le nord, jusqu'aux voies ferrées. Depuis ce jour, Marta les appelle les éléphants de l'amour. Elle est encore vierge, elle vit toujours chez sa mère, avec qui elle entretient une relation très fusionnelle. Elle est déjà tombée amoureuse deux fois. Tom a trois enfants d'une première union. Il lui propose de devenir son manager, il s'intéresse à son travail, ce qui, pour Marta, le différencie des autres. Dans son autobiographie *Dance on sands*, elle révèle pourtant que Tom lui demande un jour en hurlant, à propos d'un de ses tableaux, « quel est le sens de tout ça ? ». Elle peut lire la rage dans ses yeux. La rage et la jalousie. Alors, comme pour remettre les compteurs à zéro, pour se mettre à son niveau, Marta prend un couteau. Elle éventre et brûle sa toile. Elle efface un talent trop encombrant. « *Maybe if I was less like me, he would love me again.* » Comment peut-on être moins soi-même ? « J'espère que Tom ne te fera pas de mal un jour » lui avait dit sa meilleure amie quand Marta le lui avait présenté. « Pourquoi ce jugement, tu ne le connais même pas ? – D'après ce que j'ai observé, je vois des choses que tu ne peux pas voir. Tu es amoureuse, l'amour rend aveugle, ne l'oublie pas. » Sa mère ne cautionnera jamais ce mariage, elle ira jusqu'à dire à son ex-mari qu'il est inutile de donner de l'argent au couple, ce mariage ne durera pas, c'est une certitude, ce serait de l'argent gaspillé.

Le hasard n'a rien à voir avec cette histoire, Marta Becket n'est pas arrivée dans le désert par hasard. Mildred Milch, qui dirige la Waverly Gallery à Greenwich, décide d'exposer les peintures de Marta. Le jour du vernissage, le 22 novembre 1963, John Fitzgerald Kennedy est assassiné à Dallas. L'exposition est annulée. Tom et Marta regardent depuis l'extérieur les tableaux accrochés, les lumières de la galerie ne brillent pour personne, Marta contemple sur un trottoir le rendez-vous qui n'a pas lieu. Deux ans plus tard, le 10 novembre 1965, son travail doit être présenté à la galerie South Park à Carnegie Hall. La veille, Marta est en train de régler les derniers détails techniques pour le vernissage quand les lumières se mettent soudainement à clignoter, puis à s'éteindre. En un instant, les panneaux et les lumières extérieures disparaissent, New York est plongé dans l'obscurité totale. Une mise hors tension du réseau électrique reliant la côte entre les États-Unis et le Canada, suivie d'une défaillance des protections, entraîne un black-out qui touche trente millions de personnes, pendant plus de treize heures. Quand Marta rentre chez elle à pied, la lune brille plus que jamais dans la nuit noire, ça n'adoucit pas sa déception.

En 1966, alors qu'elle se produit dans des écoles en tant que danseuse, Tom et elle font une halte pour prendre de l'essence. Il fait nuit, Marta reste dans la voiture. Elle est envahie par une sensation étrange, elle aperçoit un édifice en forme de L. En 1967, au cours d'une autre tournée sur la côte Ouest, la crevaison d'un pneu de leur van les immobilise à ce même endroit, à cent miles de Las Vegas, trois cents de Los Angeles. Cette fois, Marta sort de la voiture. Derrière l'Amargosa Hotel, elle est attirée par un bâtiment. Elle écrit qu'à travers le trou de la serrure, elle entrevoit l'autre partie de sa vie. Elle voit un vieux piano abîmé par la pluie, un piano fantomatique qui pourrait presque jouer tout seul, comme ceux de Philippe Parreno. Dans ce lieu déserté, sous la poussière, des toiles d'araignées et des débris, les rats slalomeNT entre des vieux patins à roulettes sur la scène. Dans les années 1920, la Pacific Coast Borax, une entreprise minière, construit des habitations pour loger des employés. Lorsque l'activité cesse, la ville se vide, les murs se craquellent et se figent. Pour soixante-quinze dollars par mois, Marta et Tom louent ce théâtre, qu'ils baptisent Amargosa Opera House, et un appartement. C'est ici qu'à partir de 1968, Marta se produit trois soirs par semaine, les vendredis, samedis et lundis devant cent vingt sièges, à vingt heures quinze précisément, d'octobre à mai. Jamais une représentation n'a été annulée. Après une terrible crue pendant l'été 1968, Marta entreprend de peindre un public entier à l'intérieur du théâtre. Les peintures murales lui prennent quatre ans. En 1970, une équipe du *National Geographic*, qui réalise un reportage sur le désert de Mojave, découvre par hasard le théâtre. Pour Noël 1970, Tom et Marta décident d'offrir au père de Marta un abonnement au magazine, afin qu'il puisse découvrir les pages consacrées à sa fille. Dans le premier numéro de 1971, celui du mois de janvier, une photo de Marta devant ses peintures figure à la page 48. Son père meurt deux jours avant que ce numéro ne soit déposé par le facteur dans sa boîte aux lettres.

L'Amargosa Opera House & Hotel est celui dans lequel David Lynch a tourné *Lost Highway*. Ma sœur et mon beau-frère y ont dormi dix ans plus tard. Ils avaient été réveillés par un paon qui frappait à leur fenêtre. C'était l'épisode qui m'avait le plus intéressée dans le récit de leur périple californien. Plus qu'un intérêt, c'était une sorte d'attraction inexplicable. Marta Becket meurt le 30 janvier 2017, alors que ma vie bascule, que le processus qui me conduira à ma perte vient de s'enclencher mais ça, je ne le sais pas encore. L'effondrement aura bien lieu mais je le repousse encore un peu, comme on balaie une mèche sur son front en sachant qu'elle reviendra au prochain coup de vent. Je découvre son existence le 31 juillet 2017 au matin, en buvant mon café, dans un article du *Monde*. Le premier épisode d'une série d'été intitulée « L'expérience du désert ». En lisant ces lignes, je sais immédiatement qu'un jour j'en ferai quelque chose. Sur la photo illustrant l'article, on voit un homme et une femme qui posent sur une colline surplombant Death Valley Junction. Leurs pieds sont dans du sable gris presque noir. Tom est à gauche, légèrement devant Marta. Il est vêtu d'un smoking, il sourit mais ne regarde pas l'objectif. Il tient ses mains croisées à hauteur de son ventre. Marta est en rose, elle porte une robe en tulle, des collants et des chaussures de ballerine, tressées sur ses mollets, d'un rose plus clair qui contraste avec la vivacité de celui de sa robe, son pied gauche, légèrement en lévitation, insuffle un mouvement à son corps. Elle ne lâche pas l'objectif du regard. C'est le matin du jour où E. a choisi de rapporter les affaires que j'avais laissées chez elle. Après son départ, en milieu d'après-midi (elle est restée moins d'une heure), je me replonge dans l'article parce que, parfois, on a besoin d'une autre histoire que la sienne.

*

Il nous arrivait de nous raconter des histoires, un peu comme le « on dirait que » dont on abuse pendant l'enfance. Ces histoires au conditionnel qu'on s'amuse à inventer. Les deux que nous nous racontions le plus souvent résument assez bien nos positions. E. parlait d'une grande maison avec plusieurs chambres. Un endroit qu'elle partageait avec son mari mais où j'avais ma chambre, où elle pouvait venir me rejoindre, une pièce où je l'attendais. Aux yeux du monde, elle était mariée avec un homme et, dans l'intimité, se glissait dans le lit de son âme sœur. Dans mon histoire, les mêmes personnages revenaient mais ils ne jouaient pas du tout les mêmes rôles. On entendait une porte grincer, une femme avec un grand chapeau noir entrait dans une église alors que tout le monde était installé. Le bruit des talons contre la pierre obligeait la mariée à se retourner. La femme au chapeau noir arrivait délibérément en retard au mariage de E. pour que son entrée soit remarquée. Elle ne venait pas assister au mariage, elle venait récupérer ce qui lui appartenait, et E. le savait, elle l'avait compris dès qu'elle avait entendu ses pas. E. dirait non au prêtre et la femme au chapeau noir repartirait avec la mariée. E. adorait cette histoire et me la réclamait souvent pour s'endormir.

4

Il n'a pas choisi de figurer dans mon livre
mais seulement dans mon existence.
Annie Ernaux, *Passion simple*

Ensuite est venu l'été. Celui de la canicule. Celui de la consolidation. Celui du rapprochement. Du rapprochement de nos corps dans la chaleur brûlante du dépassement des quarante degrés. Un champ magnétique. Nous nous aimantions. Ma mère m'avait laissé la maison, elle était en vacances à la montagne avec ma sœur et mon beau-frère, je n'avais pas voulu les suivre. Dans leur départ infusait ma liberté. E. m'avait rejointe dès qu'ils étaient partis, pour une semaine. La première d'août 2003. Je nageais dans la piscine quand elle était arrivée. J'étais immédiatement sortie. J'avais attrapé une serviette, essoré mes cheveux. Au contact de la chaleur du sol, les gouttes s'étaient instantanément dissoutes. Pour me saluer, elle avait glissé ses ongles dans mes cheveux. Un geste qu'elle faisait pour la deuxième fois, je me demandais si ça allait devenir une habitude. Peu après ma déclaration, nous nous étions retrouvées dans une boîte de nuit. E. s'était mise à danser juste devant moi avec un homme. J'avais quitté la piste. Juliette m'avait suivie, nous étions allées à l'extérieur et, devant des tables en plastique, elle m'avait tendu un verre : « Bois. » Je l'avais accepté et, pendant que le gin coulait dans mon œsophage, je me répétais « tu t'attendais à quoi, c'était évident qu'elle n'allait pas te choisir ». J'étais en train de croquer des glaçons quand E. avait surgi, moins de dix minutes plus tard, « je t'ai cherchée partout » et elle avait glissé ses ongles dans mes cheveux.

La première nuit, j'avais fermé les volets de ma chambre, éteint la lumière et je m'étais penchée sur sa joue pour lui souhaiter bonne nuit. Elle m'avait retenue en plaçant ma tête dans le creux de son épaule. Je m'étais crue dans *Mulholland Drive*, elle n'avait pas encore vu ce film. Nous étions restées dans cette position jusqu'au lendemain matin. Nous passions nos journées dans la piscine et à l'ombre du cerisier. Nous attendions la nuit, nous attendions le noir et la fraîcheur des draps. Nous écoutions les albums de Moby, parfois je me levais de ma serviette pour relancer le disque et aller nous chercher à boire. Je me souviens très précisément, comme si c'était hier, de la goutte de sueur qui perlait dans le creux de son cou, cette goutte qui s'était formée attirait mon regard, je ne pouvais en détacher les yeux, je la regardais descendre le long de sa peau, se déplacer millimètre après millimètre vers sa poitrine. La sensualité qui émanait de E. rendait l'atmosphère, déjà si peu respirable, électrique. E. me mettait dans tous mes états. Cela touchait au sublime. Elle était irrésistible. Nous continuions à nous découvrir, à nous confier nos secrets, nos blessures d'enfance, toutes ces choses qu'elle n'avait jamais osé partager avec quelqu'un d'autre. Nous nous interrogions sur nos souhaits pour nos vies d'adulte. Elle voulait être actrice, je voulais être autrice. Apprendre à connaître l'autre. Mais peut-on réellement connaître les gens, savoir de quoi ils sont réellement capables ?

Nous venions d'apprendre la mort de Marie Trintignant. Un soir juste après son décès, nous avions regardé un reportage qui tentait de reconstituer le drame. Je me souviens de notre effroi. De cette phrase : « Son visage ressemblait à celui d'un boxeur qui quitte le ring. » Un acharnement. Il l'avait frappée, il l'avait tuée. Le frère de Marie Trintignant était arrivé à quatre heures du matin, il s'était laissé convaincre de ne pas appeler les secours, il pensait qu'elle dormait alors qu'elle plongeait dans un coma profond. À sept heures, il s'était décidé à les prévenir quand il avait constaté que sa sœur ne réagissait toujours pas. Enlacées, médusées, nous regardions comment l'amour peut conduire à la mort. E. avait davantage serré ma main. Je pensais à un film que j'avais vu enfant, *Les Marmottes* d'Élie Chouraqui. C'est l'histoire d'une famille qui se retrouve pour Noël à Chamonix. Le personnage que joue Marie Trintignant est totalement bancal. En un sens, elle est ma première vision d'une personne borderline. Le couple qu'elle compose avec Jean-Hugues Anglade est un couple excessif, fantasque dans lequel la folie s'immisce dès que possible. Je me rappelle cette scène où, nue, elle veut se jeter du balcon et lui, nu également, l'en empêche. Tout ça me semblait absurde à l'époque. J'ignorais que ma vie allait ressembler à ces extravagances. Une réplique a particulièrement marqué l'enfant que j'étais encore. C'est un dialogue entre Gérard Lanvin et son ex-femme interprétée par Christine Boisson. Ils sont en plein divorce, ou post-divorce, je ne sais plus. Le ton monte et elle lui dit « tu es méchant », il répond « non, je suis malheureux ». J'étais paniquée, allais-je devenir méchante moi aussi ? Ça avait l'air horrible, l'amour, ça conjuguait la méchanceté et le malheur avec désinvolture. Il ajoute « il te manquera toujours quelque chose : être sûre. Être sûre d'aimer et d'être aimée ».

Nous tenions des carnets. C'était notre collection de textos. À l'époque, les téléphones ne permettaient d'en archiver qu'une dizaine et je n'arrivais pas à me résoudre à la disparition de ces premiers mots d'amour. J'avais lancé l'idée que chacune en tienne un, recopiant jour après jour, les textos de l'autre. Ça nous prenait un temps fou. J'ai toujours ces carnets, j'en possède deux. Le deuxième est à peine rempli. E. a jeté le sien au feu, après l'avoir déchiré, un soir de dispute, des années plus tard. Nous n'avions pas encore accès aux forfaits illimités : quand on écrivait un SMS, il fallait vraiment réfléchir à chaque mot. On n'écrivait pas qu'une phrase, on utilisait l'ensemble des caractères disponibles avant leur transformation en MMS (trois fois plus cher). Nous avions aussi pris l'habitude de faire sonner nos téléphones, deux ou trois sonneries, juste pour indiquer à l'autre qu'on pensait à elle sans que ça nous coûte un centime. Il arrivait que le mien sonne toute la journée.

Le sexe entre nous était chimique. Quelque chose d'aussi naturel qu'envoûtant, presque inquiétant. C'est elle qui m'avait embrassée, je n'aurais jamais osé. Je l'avais guidée pour le reste. C'était notre première fois à chacune. Nos corps rendaient audibles tous ces mots que nous n'arrivions pas à prononcer, dépassés par la puissance de nos sentiments. Nous les laissions alors prendre le relais. Il nous avait fallu du temps pour passer à l'acte, quelques mois durant lesquels nous avions essayé de résister. Nous n'étions jamais rassasiées et, avec les années, nous avions appris à jouir exactement à la même seconde. E. avait remarqué qu'après chaque orgasme, une chaleur se dégageait du creux de mes reins, et même si je n'ai jamais simulé, elle vérifiait toujours minutieusement si la chaleur était là. Je trouvais cela touchant. Elle avait réfréné son premier orgasme. Elle l'avait senti venir alors que nous étions entièrement habillées, simplement enlacées, les corps à l'arrêt. Je l'avais sentie se crisper contre moi, comme si elle redoutait ce qui allait lui arriver. L'air de rien, je regardais les nuages par la fenêtre et, dans mon souvenir, ils s'étaient déplacés d'une manière étrange, beaucoup trop poussés par le vent. J'avais compris ce qu'il lui arrivait même si elle ne m'avait rien dit. E. m'a avoué plus tard ce que j'avais perçu ce jour-là. Les gens qui ont vécu un grand amour répètent souvent « il ou elle finissait mes phrases ». Nous ne finissions pas les phrases de l'autre. En revanche, il nous suffisait d'échanger un regard pour savoir ce que pensait l'autre. E. aimait boire du Coca après l'amour, évidemment, je ne peux m'empêcher de me demander si elle a conservé cette habitude. Je lui répétais que ses yeux étaient magiques car les battements de ses cils faisaient un bruit très singulier. Un bruit que je n'ai jamais entendu ailleurs. Je lui demandais de l'imprimer sur mes joues. Elle agitait aussi ses pieds au fond du lit en disant « c'est un truc de mon enfance, je fais mon chaud », elle chauffait le lit pour le rendre plus réconfortant mais moi j'entendais toujours « je fais mon show ». Nous collions nos plexus solaires l'un contre l'autre, les éloigner provoquait une telle douleur physique que nous préférions rester des heures dans cette position, sans bouger, comme prisonnières de nos corps, sans pouvoir lutter contre ce langage parallèle. Nous avons passé des nuits à nous dire « je t'aime » en continu, jusqu'à l'aube. Parce que souvent, même quand nous étions ensemble, l'une contre l'autre, nous nous manquions.

E. avait toujours été instable. Son instabilité la rendait insaisissable. Notre première année d'amour avait aussi été celle de sa dépression et de son incapacité à se conformer à ce que lui demandait le monde. Elle m'avait donné les instructions pour le jour de ses funérailles. Dans ma tête, on m'a annoncé mille fois son décès et je me voyais expliquer aux pompes funèbres qu'il ne fallait pas lui brosser les cheveux, parce qu'ils étaient bouclés, elle me disait « tu leur diras hein, tu promets ». Je promettais. Mille fois je m'étais vue arriver trop tard et ne pas réussir à la sauver. Sa difficulté à vivre avait instillé en moi une inquiétude permanente. E. disait que j'étais la seule chose qui la raccrochait au monde, que sans moi elle n'y arriverait pas. Mais même avec moi, c'était difficile. Je me surestimais en me persuadant que je pouvais être à la hauteur, que je m'inquiéterais pour moi plus tard. Oui, plus tard, je me disais, je penserai à moi. J'ai appelé le SAMU, je l'ai cherchée dans les rues quand elle s'enfuyait en courant, en criant à qui voulait l'entendre qu'elle allait s'ouvrir les veines, je jetais les bouts de verre qu'elle utilisait pour se scarifier, je lui interdisais d'avaler des cachets, je les cachais quand je pouvais. Je l'ai implorée de vivre, d'en convoquer le désir. J'avais fini par dire un truc idiot, du genre « si tu ne le fais pas pour toi, fais-le au moins pour moi ». Elle m'avait suppliée d'assister à son suicide, de l'accompagner, d'être là pour son dernier souffle, quand dans sa longue robe noire, qu'elle avait déjà choisie pour l'occasion, elle partirait. J'avais refusé. La souffrance la faisait délirer. Lorsque, la même année, nous avions envisagé de mourir ensemble, la folie m'était alors apparue plus raisonnable. Ses sentiments pour moi n'étaient pas la cause de sa dépression mais tomber amoureuse d'une fille avait dû amplifier son mal-être. Elle tentait de s'étouffer avant de s'endormir, ce moment où l'air n'arrivait plus lui permettait de calmer ses angoisses. Elle ne le faisait pas devant moi, elle me le racontait après, et l'espèce de fierté qui pointait dans son récit me glaçait le sang.

J'avais dû faire l'annonce à mes parents. De cet amour intense. De l'amour interdit. De l'amour jugé problématique quand nous l'avions dévoilé à la sœur de E. Cet aveu nous avait demandé un immense courage. Sans nous juger, sa sœur avait tout de même conclu avec ces mots : « Pour moi, la beauté ne peut exister qu'entre un homme et une femme. » J'avais encaissé sans bruit. E. était repartie avec sa sœur qui était venue la chercher. Je baignais dans une telle confusion que je n'avais pas pu la reconduire chez elle, j'avais mal partout, jusqu'au bout des doigts. Nous rentrions d'un voyage à Paris, c'était la Saint-Sylvestre 2003. Elle me quittait pour un autre. J'avais commencé par ma mère. J'avais été maladroite. Rien n'avait été doux. L'annonce était double. J'étais amoureuse d'une fille et elle préférait partir avec un autre. À la télévision, le journal de vingt heures diffusait un reportage sur les bûches. Le pâtissier déclarait : « Cette année on a innové. » Ce n'est pas comme ça que j'avais imaginé lui dire combien j'aimais E., combien c'était avec elle que je voulais être et combien nous allions être heureuses. Ma mère était restée étrangement silencieuse, puis ces drôles de mots étaient sortis de sa bouche : « J'aurais aimé avoir des petits-enfants. » Elle les avait immédiatement regrettés, elle était sous le choc et mes pleurs n'aidaient en rien à clarifier cette espèce de chaos. Elle avait fini par me consoler. J'avais continué avec mon père, au téléphone. Puis j'avais enchaîné avec ma sœur. Elle était déjà plus ou moins au courant, c'était elle et mon beau-frère que j'avais appelés à l'aide quand E. m'avait rejetée, mon beau-frère m'avait confié avec beaucoup de douceur : « Tu sais, ça arrive à tout le monde à l'adolescence, d'être troublé par une personne du même sexe. » Je n'avais pas à craindre leur jugement, il n'y en a jamais eu. Pourtant, la peur de les décevoir était immense. Je me disais que même s'ils n'avaient rien projeté sur moi, ils allaient être déçus, c'était évident. Je pensais qu'il y aurait un avant et un après, que leur regard sur moi changerait et que je n'y pourrais rien. Je crois, en réalité, que ce soir-là ils voyaient déjà se profiler les ennuis à venir. Ils étaient inquiets, pas parce que c'était une fille mais parce que j'étais malheureuse. E. avait décidé de ne rien dire à ses parents, je resterais la parfaite meilleure amie. J'avais prévu de passer mon réveillon au lit, dans le noir, mais E. avait insisté pour que je vienne le passer chez ses parents.

J'étais arrivée tard et la joie qui était la sienne quand elle avait ouvert la porte contrastait avec ma dévastation. Ils avaient tous l'air tellement heureux, anormalement heureux. Je ne les avais encore jamais vus si rayonnants, c'était peut-être l'alcool ou la future idylle de leur fille, principal sujet de conversation à l'apéritif (je l'ai su dans la nuit, E. me racontait toujours tout), qui les avait mis dans un tel état. Ou alors ma peine déformait la réalité. Sa sœur avait suggéré que nous prenions de la distance et il avait été convenu qu'à partir du lendemain nous cesserions tout contact pendant une semaine. Je n'étais pas vraiment d'accord mais je n'avais pas eu le choix. Quand je m'étais assise à la table, je m'étais clairement demandé ce que j'étais venue faire là, vivre une dernière soirée avec elle avant le silence imposé ? Étais-je venue essayer de la convaincre une dernière fois ? Dehors, la neige commençait à tomber, j'étais coincée, j'allais devoir rester dormir. J'avais même dû danser. Me connaissant, il est même probable que j'aie été la première à lancer les cotillons. Je n'ai aucun souvenir de ce que j'ai pu souhaiter à E., à minuit, en l'embrassant pour la bonne année. Juste avant le dessert, j'étais allée m'installer sur le canapé et j'avais fait semblant de m'assoupir pour que cette soirée s'arrête le plus rapidement possible, qu'ils expédient la bûche, les tisanes, les papillotes. Dans mon dos, le père de E. avait dit doucement : « Elle a l'air fatiguée. » Dans son lit, je m'étais blottie contre elle, j'avais dû la supplier de rester avec moi. Elle avait pleuré, elle n'avait pas l'air de pouvoir faire autrement.

Quand nous nous étions retrouvées une semaine plus tard, elle avait changé d'avis, finalement rien ne s'était passé entre eux, il ne lui plaisait plus, elle avait renoncé. Nous nous étions alors juré de ne rester qu'amies. Nous ne nous toucherions plus, nous nous effleurerions peut-être. Notre promesse a tenu dix jours. Et dix mois plus tard, malgré tous mes subterfuges pour l'éviter, elle était partie avec quelqu'un d'autre. Je n'avais rien pu faire. Ou alors j'avais baissé la garde, épuisée de devoir toujours la dissuader d'aller voir ailleurs. Fatiguée de ces hommes qu'elle avait laissés la séduire, parfois même sous mon nez. Je l'ai su des années plus tard, mais la veille de leur premier baiser, E. l'avait giflé. Il avait déclaré : « Tu sais, c'est pas grave si tu préfères les femmes. » Il avait sûrement prêché le faux pour savoir le vrai. Il n'avait rien su du tout, il s'était pris une gifle et elle était partie en claquant la porte. Une sortie théâtrale. Il ne devait pas être le seul à se demander ce que nous représentions l'une pour l'autre. Elle avait tranché, sans me prévenir, le lendemain, elle l'avait embrassé et m'avait parlé de cette relation naissante comme si je n'étais pas concernée, comme si rien n'avait existé. Je n'avais pas fait de commentaire. J'avais essayé que les choses reviennent à la normale. Devant elle, j'avais embrassé un homme dans une boîte de nuit, mais ce baiser n'avait fait qu'accroître ma confusion. Je ne comprenais pas pourquoi elle éprouvait déjà le besoin d'aller voir ailleurs alors que nous en étions à nos balbutiements. Moi qui, déjà, ne voulais personne d'autre qu'elle. À quoi cela pouvait-il me servir d'aller voir ailleurs quand je savais déjà qu'ailleurs elle n'y était pas ? Je voulais bien l'autoriser à se mentir à elle-même mais je refusais de m'infliger le même sort. Alors j'avais pris ma voiture pour lui dire en face que je partais. Je crois qu'elle n'a pas cru à mon départ. Elle ne m'a pas prise au sérieux.

Une semaine plus tard, les hostilités avaient commencé. Elle m'avait rappelée, laissé un message vocal dans lequel elle s'interrogeait sur les raisons de mon silence. Le message se terminait ainsi : « Je t'embrasse, en fait non, après réflexion je ne t'embrasse pas. » J'avais compris qu'elle était sur une autre fréquence, aucune discussion ne mènerait à rien, nous ne pourrions pas tomber d'accord. J'avais été très claire, « c'est terminé », il fallait m'oublier. Je n'avais pas rappelé. Elle avait basculé dans le désespoir ou dans la folie. Dans l'excès, en tous cas. Elle m'appelait en boucle, mon portable sonnait toute la journée, elle bloquait ma ligne. Elle alternait avec le numéro du téléphone fixe de ma mère. Elle me faisait peur. J'aurais détesté subir le même sort mais j'étais restée silencieuse, estimant que ce que j'avais à dire, je l'avais déjà dit. Elle avait fini par débarquer, trois jours plus tard. J'avais vacillé en voyant la voiture de son père dans le chemin de la maison. Elle n'avait pas eu le temps de sonner, j'étais sortie avant. J'avais refusé qu'elle rentre. Je n'avais pas eu le temps d'enfiler des chaussures et la différence de taille entre nous deux m'était apparue plus évidente. Je me sentais minuscule. Elle avait des éclairs dans les yeux. Un mélange d'arrogance et de fureur. Elle voulait savoir pourquoi j'avais disparu, pourquoi je ne répondais plus. Elle avait ajouté : « Avec mon mec, on cherche, on pense que tu es jalouse de mon physique. » J'avais ri, ce qui l'avait énervée un peu plus. Je n'étais pas jalouse de son physique, j'étais jalouse de la place à laquelle je n'avais plus le droit. « Je ne suis pas jalouse de toi, je suis jalouse de lui. » Elle se voilait la face. Que peut-on faire contre un tel déni ? J'avais conclu : « Que tu ne veuilles pas lui dire la vérité, c'est ton droit, mais arrête d'inventer des choses. » Plus je la voyais se persuader que rien ne s'était jamais passé entre nous, plus j'avais besoin de rassembler mes souvenirs pour me rassurer sur le fait que, moi, je n'avais rien inventé. J'ai retrouvé dans le carnet de ses textos un post-it jaune que, cette année-là, j'avais collé sur la page de garde. Des dates y sont inscrites, complétées parfois par des parenthèses indiquant des fréquences et les moments de la journée (matin, après-midi, nuit). Quand je suis récemment retombée dessus, il m'a fallu quelques instants pour comprendre ce que j'avais voulu consigner. Il s'agissait de nos nuits d'amour, qui n'avaient pas toujours lieu la nuit, c'était ma façon d'archiver la réalité quelque part, de retenir ce que, d'une certaine manière, E. désirait m'enlever.

E. était très belle mais je n'ai jamais voulu lui ressembler. Je n'étais pas jalouse, même si deux femmes en couple impliquent souvent une rivalité physique. Nous aimions les mêmes choses et l'une finissait par vouloir ce que possédait l'autre. Quand elle désirait les mêmes choses que moi, c'était naturel. Quand je souhaitais les mêmes choses qu'elle, elle me disait que je n'avais aucune personnalité. Parfois elle me reprochait de n'être pas assez bien habillée, pas assez bien maquillée, pas assez féminine. En 2017, le jour où elle m'a rapporté mes affaires, elle portait un nouveau tee-shirt. Je venais d'acheter le même quelques jours plus tôt. Laquelle avait influencé l'autre à distance ?

C'était mon premier chagrin d'amour. On s'en souvient toujours. On se sent seul au monde. On écoute les autres nous dire « ça va passer » quand on a juste envie d'ouvrir la fenêtre en grand et de se balancer dans le vide. Après des semaines compliquées, je m'étais ressaisie. Ma sœur attendait un bébé. Ce bébé, c'était l'espoir, ce bébé, c'était déjà ma réparation. L'attendre m'avait apaisée. J'étais jeune, vingt et un ans, finalement j'avais réussi à me relever. C'est précisément pendant que je me remettais de cette rupture que ma tante est tombée gravement malade. Des mois plus tard, en avril 2005, mon téléphone avait sonné. Un numéro masqué. C'était E., il m'avait fallu quelques secondes pour le réaliser. J'avais pourtant immédiatement reconnu sa voix. Il paraît que lorsque les gens disparaissent, c'est leur voix qu'on perd en premier, bien avant les traits du visage. Elle avait fait une tentative de suicide, elle voulait que je le sache. Elle avait insisté, elle n'avait laissé que deux lettres : une pour sa famille, une pour moi, lui n'en avait pas. Que devais-je faire de tout ça, moi qui commençais tout juste à me sentir un peu plus légère ? Ce coup de fil m'avait aspirée. Ceux qui souffrent d'addiction disent tout simplement « j'ai replongé ». Voilà, j'avais replongé.

Pour Noël 2005, j'avais reçu un SMS qui s'achevait sur cette phrase : « Tu avais raison. » Trois mois plus tôt, j'avais osé lui dire que je ne comprenais pas ce qu'elle faisait avec un mec pareil, ils n'avaient rien en commun. Elle m'avait raccroché au nez. Après l'avoir quitté, elle revenait naturellement vers moi. J'avais naturellement accouru. Mais E. n'assumait toujours pas notre relation et je n'assumais pas la position dans laquelle ça me plaçait. J'avais besoin que les choses soient plus claires. Je l'avais tenue à distance de ma vie, ce qui la rendait malade, elle me le reprochait tous les jours. Nous nous voyions seulement chez elle, elle avait déménagé pour ses études. J'étais allée consulter un psychiatre, je sentais que j'avais besoin d'aide. Il m'avait dit une chose que je n'étais pas prête à entendre : « Vous partez maintenant, vous en avez pour deux ans à vous reconstruire, vous restez, vous en avez pour dix ans. » J'avais fini par partir. J'étais montée à Paris pour entreprendre de nouvelles études. Nous avions passé l'année l'une sans l'autre, puis nous nous étions revues. Nous revoir, c'était toujours succomber, toujours recommencer. L'été 2008 reste l'un des plus beaux que nous avons passés ensemble, un immense été, au cœur duquel nous avions décidé de continuer à nous aimer.

Dans la lettre expliquant son suicide, qu'elle avait tenu à me donner malgré tout, il était précisé que si elle n'était pas ma moitié, j'étais la sienne. Évidemment, qu'elle était ma moitié. Récemment, ma nièce m'a demandé : « Ça fait quoi d'être amoureuse ? » J'avais eu du mal à répondre. Elle attendait, j'avais réfléchi et je m'étais lancée dans une description où il était question d'air, d'apnée, d'inspiration, d'expiration, de souffle coupé, de bouffées d'oxygène. Juste avant qu'on se sépare, ma psy m'avait interrogée : « Pourquoi est-ce que vous restez avec elle si c'est si compliqué pour vous ? » La réponse avait fusé, sans aucune hésitation : « Parce que je respire mieux avec elle. »

5

Jonas, coiffé de son chapeau noir, ressemble à un animal antédiluvien qui aurait la fluidité d'un papillon. Il me raconte le dernier coup de téléphone d'Allen (un mercredi). Il lui demande de venir filmer ses derniers moments. Lorsque Jonas arrive à l'appartement de la 13e Rue, Allen est mort. Le film peut alors commencer.

Michel Bulteau, *New York est une fête*

Dans la matinale de France Culture, à la question « Que faites-vous de vos morts ? », question qu'elle pose au visiteur dans sa dernière exposition, Sophie Calle répond « j'en fais des expositions ». Nous avons tendance à penser que chacun de nos morts vit en nous. C'est vrai. Mais je crois aussi que chacun de nos morts emporte un peu de nous. Le vide est double. Celui de la personne que nous avons aimée et celui de la personne que nous avons été à ses côtés. Cette dernière, nous ne la retrouverons jamais, elle est partie dans la mort, elle a suivi le cortège, elle est de l'autre côté, inutile de la chercher.

4.02.2005

J'ai mal. J'ai mis un cataplasme sur le nerf sciatique gauche. Je ne sais pas quelle heure il est. Je suis épuisée. Je n'ai pas beaucoup dormi, entre mes allers-retours aux toilettes et la douleur dans le lit. J'ai l'impression que l'on m'arrache la hanche gauche, la hanche droite et le sacrum. C'est l'enfer. Je ne suis bien qu'avec la sensation de froid sur les deux nerfs sciatiques. Quelle vie. Je vais guérir. Plus jamais de clopes. Je ne sais pas quoi faire. Je suis en manque de sommeil depuis si longtemps. Je n'en peux plus de cette souffrance, c'est trop atroce, ces douleurs m'empêchent de respirer. J'ai tellement résisté à la douleur pendant des années qu'elle est maintenant à son paroxysme. Je ne préfère rien avaler de peur de me vider dans la seconde qui suit. Heureusement, la main droite n'est pas touchée par ce mal qui me ronge un peu plus chaque jour. Je veux guérir. C'est une lutte de chaque instant contre mon propre corps. Le mental essaye de survoler ce corps qui se tord de douleur. C'est terrible. Si la douleur physique a une échelle, pour moi, elle va de 1 à 7. 7 étant le summum de la douleur. Mon grand jeu était d'aller jusqu'à 7. Le mental était le plus fort, j'étais invincible. Même mon propre corps était capable de marcher, se lever encore alors que l'intérieur criait stop. Pour quelles raisons en suis-je arrivée là ? Je hais la faiblesse donc je ne montrerai jamais à autrui que je suis capable ou plutôt coupable d'être faible. Nadine, c'était décidé, ce serait toujours "marche ou crève". Alors on a décidé que jamais on ne baisserait les bras, on marcherait coûte que coûte. Voilà le résultat de quarante-deux ans de "je maîtrise tout" et surtout ma propre douleur physique. Elle n'existe pas, c'est juste une illusion. Quel gâchis !

Il n'y a rien d'autre sur le cahier, il s'arrête sur ce « gâchis ». Elle ne suit pas les lignes, change de main, seulement pour cinq lignes. D'habitude je n'ai aucune difficulté pour la relire, mais ce que j'ai sous les yeux n'est pas son écriture. C'est une écriture torturée qui annonce déjà l'absence. Moins de quatre mois plus tard ma tante disparaît. Mon monde s'écroule.

Ma tante n'avait pas d'enfants. À sa mort, j'ai entendu certains dire que c'était mieux ainsi. Je n'étais que sa nièce mais je ne savais pas comment j'allais survivre à sa disparition. Comment j'allais me défaire de la culpabilité que je ressentais tous les jours de ne pas avoir été présente comme j'aurais pu l'être si j'avais été dans mon état normal, si je ne m'étais pas noyée dans mon chagrin d'amour, dans mon égoïsme de reconstruction, pendant qu'elle luttait contre la maladie. Peut-être ai-je tort, peut-être n'aurais-je pas fait plus, mais je l'aurais peut-être mieux fait. Un soir alors qu'elle se tordait de douleur, elle avait essayé de me consoler. Elle me répétait qu'E. m'avait sûrement aimée mais que cette histoire était sans doute trop envahissante pour elle, qu'elle avait besoin de quelque chose de plus simple, de plus sécurisant, de moins émotionnellement engageant. Elle était allée chercher dans ses affaires les lucioles de mon enfance, elle les avait achetées en double dans les années 1990 pour me les offrir. Un couple de petites créatures dont je suis toujours incapable de dire à quels animaux ils ressemblent. Elle avait les siennes et j'avais les miennes, désormais j'en ai quatre. Elle les mettait devant une lampe pour les recharger, elle disait qu'ils allaient nous protéger, elle les faisait parler, elle me faisait rire, elle m'a toujours fait rire. Je percevais sa culpabilité d'être tombée malade comme si elle en était responsable. La crainte de nous abandonner si elle n'arrivait pas à guérir. La première fois que j'avais décelé ce sentiment chez elle, j'avais quatre ans. Je faisais la sieste dans le jardin de mes grands-parents, à l'ombre, bercée par le vent chaud d'été, sur des draps blancs posés sur l'herbe. Je ne sais pour quelle raison, elle avait préféré que je finisse ma sieste dans la maison. Elle m'avait enroulée dans les draps et m'avait lovée dans ses bras pour m'emmener à l'intérieur. Soudain, je m'étais mise à hurler, une douleur vive à la cuisse m'avait saisie. Malgré le tissu, une guêpe avait atteint ma peau. Je n'avais pas pleuré. Ma tante était si désolée, elle répétait « c'est ma faute, c'est ma faute ». C'est moi qui l'avais consolée. Je savais déjà que, de ce premier souvenir de piqûre de guêpe, ça ne serait pas la souffrance dont je me souviendrais, mais l'amour avec lequel elle m'avait enveloppée.

Il est courant de dire qu'avant de mourir on voit défiler toute sa vie en vitesse accélérée, potentiellement avec des ruptures chronologiques. Tout ça n'est pas très clair. Ce phénomène serait lié au fonctionnement neurologique, comme la vision de la lumière mentionnée dans les récits d'expériences de mort imminente. Cinq jours avant de mourir, ma tante a dit à ma grand-mère « je vois tout blanc, tout est blanc ». Ma grand-mère me l'a dit le jour même et cet épisode est consigné dans ses cahiers. Suite au décès de sa fille, elle s'est mise à tenir des cahiers. Ils reviennent avec précision sur les derniers mois et surtout sur les derniers jours de son existence. Un mélange de récits du quotidien et de la douleur indicible d'une mère qui a perdu son enfant. Elle en a noirci dix, dont la rédaction s'étale entre juin 2005 et avril 2014. Je les ai tous lus, ils sont rangés dans mon secrétaire. Ils se ressemblent, elle revit la fin, cahier après cahier, elle analyse. Le temps qui passe n'estompe rien. Elle lui parle « merci de m'avoir tant aimée ». Une question la hante et elle ne peut se résoudre à ne pas y apporter de réponse. Elle ne peut s'en défaire. Ma tante s'est-elle vue partir ? À la fin, ne pouvant plus parler, elle communiquait avec une ardoise, ma grand-mère a su que la mort arrivait le jour où ma tante n'a pas pu écrire plus de trois petits points. Comme des points de suspension. Sa première séance de chimiothérapie lui avait brûlé l'œsophage, elle ne pouvait pratiquement plus parler. On avait fait venir une personne qui enlève le feu. J'étais arrivée, je l'avais aidée à faire sa valise, elle repartait à l'hôpital. « C'est cette crème que tu veux ? Je mets ta pince à épiler ? » Ma tante répondait en secouant la tête. Je l'avais aidée à se doucher. Elle était si épuisée. Sa peau avait toujours la même douceur et son grain délicat. Dans la baignoire, après l'avoir savonnée puis rincée, j'avais entouré son corps d'une serviette. Je caressais le tissu-éponge avec délicatesse. J'avais peur de lui faire mal, tant son corps était sensible. Je pensais qu'il ne pouvait rien lui arriver, c'était ma tante, une force de la nature, un caractère bien trempé, une détermination et un courage à toute épreuve. Elle allait s'en sortir, elle en avait vu d'autres. Je n'ai pas redouté sa mort, c'était tout simplement impensable. Les médecins avaient prévu douze séances de chimiothérapie, ma tante avait dit « à Noël, je serai guérie ». Elle s'accrochait à la naissance de la fille de ma sœur. Un dimanche de fête des Mères, la veille de sa disparition, les médecins avaient fini par dire à ma grand-mère : « Mais enfin, madame, vous saviez qu'on partait pour un protocole très lourd, vous saviez que c'était grave ? » Avais-je fait semblant de ne pas comprendre la gravité de sa maladie ou mon entourage m'avait-il protégée ? Un soir, quatre mois auparavant, nous avions regardé la vidéo du mariage de mon oncle, son frère, le troisième des quatre enfants, célébré en 1984. Nous avions du mal à reconnaître certaines personnes et ma tante disait « il est mort, et lui aussi il est mort, ils sont tous morts ». Elle s'approchait de l'écran pour mieux voir, on avait même rembobiné un peu, on voulait voir le début. On riait et elle avait ajouté « un jour on dira, ah ben, elle aussi elle est morte » et elle se marrait. Après la douche, je l'avais accompagnée dans le hall. Dans l'entrebâillement de la porte, elle m'avait enlacée, je l'avais serrée très fort et elle avait réussi à articuler « au revoir mon bébé ».

C'est la dernière fois que je l'ai vue vivante, enfin, consciente. Le 20 mai 2005. Elle avait quarante-deux ans. Treize jours plus tard, dans ce même hall, son cercueil a été soulevé sur les notes de *Chase* de Giorgio Moroder, la bande originale du film *Midnight Express*. Je n'avais pas trouvé de meilleure façon de lui dire au revoir, j'avais inséré le disque dans le poste, lancé le premier morceau et j'avais mis le volume au maximum. Ma grand-mère n'avait rien dit, elle avait souri. Toute ma vie, j'avais vu le poster du film affiché dans sa chambre, dans toutes ses chambres, il l'avait suivie partout. Cette image a bercé mon enfance. C'est un poster noir, avec le visage et le buste d'un homme d'après une photo en noir et blanc : le personnage principal du film. Il regarde vers le haut. Au-dessus de lui, le titre du film apparaît en lettres rouges et manuscrites. Un peu plus haut, en phrase d'accroche, sur deux lignes en blanc, il est écrit « l'important est de ne jamais désespérer ». À sa mort je l'ai récupéré. J'ai offert le vinyle à ma nièce pour ses quinze ans. C'est le même visuel sur la pochette. Les dernières soixante-douze heures avaient été éprouvantes : l'annonce de la mort imminente, l'infirmière qui nous informe qu'avant de sombrer dans l'inconscience ma tante lui a souri, un très grand sourire, l'adieu en réanimation, ma grand-mère soulevant le drap pour que je touche le bras de ma tante, ma mère ne voyant que mes yeux, seule partie visible de mon corps, derrière la blouse, la charlotte, le masque, mes yeux retenant mes larmes, mes yeux ahuris et démunis devant ce lit médicalisé et ces machines qui bipent, devant l'air transmis par ce respirateur artificiel, mon chagrin asphyxiant quand je jette ma blouse dans une poubelle et que je m'écroule sur une chaise devant le regard des infirmières, mon oncle en pleurs à l'extérieur qui dit « ça n'arrive pas qu'aux autres », les premiers coups de fil que nous passons, les hurlements de ma sœur, enceinte de sept mois, nous redoutons que le choc provoque l'accouchement, sa course effrénée dans les bras de son compagnon, moi que personne n'enlace, la femme que j'aime en aime un autre, moi qui me tiens aux murs pour rester debout, l'annonce de la mort officielle dans la nuit qui suit par ma mère au téléphone, ma réponse « d'accord », une sorte de résignation qui l'emporte sur le chagrin ou plutôt le chagrin qui concède sa place à la résignation, la demande de don d'organe, la demande du prélèvement de sa cornée, le refus de la famille s'excusant, nous ne savons pas ce qu'elle aurait voulu, nous ne possédons même pas de caveau, nous n'avons pas anticipé, la découverte du corps de ma tante dans sa chambre, elle est mon premier mort, instinctivement, en la découvrant, je m'allonge à ses côtés, la préparation de la messe, le cercueil qui se ferme, ce moment surréaliste où ma grand-mère demande aux pompes funèbres si on ne peut pas la surélever un peu et eux, gênés, répondant que, non, sinon sa tête va heurter le bois, le calme apparent de chacun d'entre nous qui n'empêche en rien notre infinie tristesse. Ne pouvant plus respirer, j'étais sortie de la pièce. C'est dans le couloir que j'ai entendu le bruit de la visseuse. Avant la mise en bière, on l'avait aspergée de son parfum, Coco Chanel. Ma grand-mère m'avait demandé si j'acceptais de prendre ma tante en photo. Elle avait besoin de cette dernière image, apaisée, on aurait dit que ma tante souriait. Je m'étais exécutée. L'image de son cadavre fait partie des dix premières photographies de l'appareil numérique que je venais de recevoir en cadeau pour mes vingt-deux ans.

*

Je suis dans mon lit. Depuis plusieurs jours, je ne mange plus. Pour quoi faire ? Au téléphone mon amie Nathalie me dit que bien sûr je dois avoir du mal à comprendre ce qu'elle me dit si laver ma tasse à café me demande un tel effort. La tasse à café j'en suis loin. La tasse à café c'est moi. Je n'arrive plus à me laver, quand j'y parviens parfois, je suis tellement essoufflée que je suis obligée de me recoucher tout de suite après. Je ne peux plus travailler, je suis en arrêt maladie. Je ne peux plus rien faire. Je me regarde dans la glace mais je ne m'y vois pas, j'aperçois quelqu'un d'autre. Mon corps ne m'obéit plus, il convulse sous le poids de l'angoisse, plusieurs fois par jour. Mon père est au bord du lit, il m'écoute répéter les mêmes mots en boucle, comme un automate déréglé. Ce que je n'ai pas fait, ce que j'aurais dû faire. Je n'en veux pas à la terre entière, je n'en ai pas l'énergie. Je m'en veux, c'est déjà suffisant. Mon père n'y tient plus : « Tu réalises qu'elle s'est moquée de toi ? »

6

On peut mourir psychiquement d'un chagrin d'amour, se vider de soi, disparaître. Pourquoi une séparation amoureuse est-elle parfois si insupportable ? Parce que dans cette brusque révolution intime, je ne sais plus qui je suis, je ne sais plus si *je suis.*

Claire Marin, *Rupture(s)*

La femme qui partageait ma chambre était assise dans son lit, tenant contre son visage un linge blanc. Un linge blanc maculé de sang. Du sang, il y en avait partout, sur ses draps, sur sa peau. Elle saignait du nez. Pour diminuer le flux, elle avait penché sa tête en arrière, s'était mis d'énormes cotons dans chaque narine, si bien que nous n'avions pas pu nous regarder dans les yeux. L'infirmière a prononcé son prénom en lui indiquant ma présence. C'était le même que E., ma mère a cherché mon regard, nous nous sommes souri. Ce prénom, que j'avais répété des milliers de fois, me poursuivait jusqu'ici. Lui qui avait connu toutes les variations de ma voix. Je l'avais fait vibrer selon toutes les octaves possibles et imaginables en fonction du sentiment qui me traversait au moment où je le prononçais. De l'amour à la haine, du désespoir à l'autorité. Combien de fois l'avais-je articulé en dix-huit ans, combien de fois avait-il écorché ma langue ? Ce prénom, qui faisait de moins en moins partie de mon vocabulaire, était encore là à me narguer le jour de mon hospitalisation. Et tous les soirs qui suivirent, après avoir éteint la lumière, elle murmurait « bonne nuit » précédé de mon prénom, tandis que je répondais « bonne nuit » suivi du fameux prénom.

Le premier soir, j'ai mangé dans ma chambre, toute seule, car elle avait été transférée à l'hôpital pour traiter ses saignements. Mes petits pois avaient un goût salé, je me demandais pourquoi, peut-être pour que je boive plus. La soif ne venait pourtant pas, c'est comme ça que j'ai réalisé que c'était le sel de mes larmes qui assaisonnait mon plat. Mais qu'avais-je fait pour en arriver là ? L'échelle de Holmes et Rahe, créée en 1970 aux États-Unis par les psychiatres Thomas Holmes et Richard Rahe, permet d'évaluer le niveau de stress que l'on est susceptible de subir en fonction des événements de sa vie. D'après ce barème, mon score était si élevé que j'avais 80 % de risques de tomber malade. Je ne me suis jamais sentie aussi seule de ma vie que ce soir-là. Face à moi-même. J'essayais d'enlever l'opercule de ma compote, je n'y arrivais pas, mon chagrin provoquait des tremblements et mes sanglots amenuisaient ma force. En descendant fumer un peu avant vingt-deux heures, j'ai vu passer le tram. J'aurais pu le prendre pour rentrer chez moi. J'avais besoin de me protéger de moi-même, j'étais devenue ma pire ennemie. Et son pire ennemi, on n'a qu'une envie, c'est qu'il crève dans d'atroces souffrances. Ici, j'étais en sécurité. Ici, on allait me permettre de m'aimer à nouveau, de retrouver la confiance perdue. Il a plu sans interruption cette première nuit.

L'établissement était flambant neuf mais l'implantation des nouveaux locaux avait réduit la surface du parc, j'étais un peu déçue. La brochure annonçait un vaste espace arboré. Des préfabriqués destinés aux patients pour les consultations en « hôpital de jour » faisaient face à une maison en pierre, la structure d'origine, aux vitres cassées, en état de délabrement, vouée à la destruction. En sortant fumer, je distinguais l'intérieur. Une maison de fous aussi dégradée que nos esprits malades. Au fond du parc, à droite d'un grand portail blanc, il y avait un jardin avec un poulailler. Les premiers jours, je m'étais approchée le plus près possible pour observer les poules. La deuxième semaine, j'ai remarqué que le propriétaire avait planté une autre clôture accolée au grillage, peut-être avait-il eu peur d'être envahi par les fous. J'ai passé un temps considérable dans ce parc, généralement un casque sur mes oreilles, la musique à fond, je connais les détails de tous les arbres. Les journées se ressemblaient et elles avaient un cadre bien précis. Le petit déjeuner était servi de sept heures trente à neuf heures. Avant, il fallait attendre son tour pour prendre les médicaments, on patientait sur des chaises devant le bureau des infirmières pour qu'elles nous donnent nos cachets, et ça plusieurs fois par jour selon le traitement que l'on suivait. Il fallait les avaler devant elles. Elles nous donnaient aussi un ticket en plastique, comme ceux de certains carrousels, pour chaque repas. Nous ne pouvions manger sans, si nous avions omis de le prendre, il fallait retourner le chercher. La chambre de Louise était la plus proche de ces chaises. Sa porte était toujours ouverte et je l'entendais chanter en fonction des morceaux diffusés à la radio. Elle avait été admise en 1989 et n'était jamais sortie, la clinique, c'était sa maison. Elle aimait discuter avec moi car j'étais originaire de l'endroit où elle passait toutes ses vacances d'été, et me raconter ces étés-là, dans ces paysages verts loin de sa région parisienne, l'activait comme une télécommande dans laquelle on vient d'insérer des piles neuves.

La psychiatre qui me suivait venait tous les jours dans ma chambre, excepté ceux consacrés à des échanges plus longs qui se déroulaient, trois à quatre fois par semaine, dans son bureau. Je l'appréciais, ce qui avait indéniablement contribué à l'amélioration progressive de mon état. Dans mon dossier médical, il est indiqué que certains entretiens ont été plus durs que d'autres, le 17 janvier 2020, on peut lire « effondrement pendant l'entretien ».

La femme qui dormait dans la même chambre que moi était hospitalisée depuis six mois. L'appartement dans lequel elle venait d'emménager, peu de temps avant, était rempli de cartons non déballés qui attendaient son retour. Elle tombait régulièrement à cause d'un problème de tension. La nuit, réveillée par le bruit de son corps qui, après avoir heurté un meuble, touchait le sol, j'allais chercher l'infirmière. Nous avions pris l'habitude de nous parler d'une voix très basse pour préserver chaque jour le calme dont nous avions besoin. Aucune des deux n'avait pris le forfait télévision. Quand on est malade, on préfère avoir son intimité mais je ne me plaignais pas. Dans mon lit une place, la nuit, privée de toute activité masturbatoire, je constatais avec un certain étonnement que j'avais cessé de me masturber en pensant à E. depuis longtemps déjà. Incapable de dater ce moment, je pensais que si j'avais été attentive, je me serais peut-être considérée comme guérie un peu plus tôt.

Des travaux supplémentaires étaient en cours, des salles de balnéothérapie devaient ouvrir prochainement, Alice m'avait dit « bon, on est arrivées trop tôt, on reviendra ». Nos douches n'avaient pas de flexible. Parfois, une goutte d'eau s'attardait sur mon épaule gauche ou glissait dessus un peu plus lentement que les autres. Je la regardais investir cette surface délaissée. E. aimait mon épaule gauche. Elle la touchait en disant « elle est à moi ». Je me laissais faire, je voulais bien lui concéder cette partie de moi-même. Elle aimait l'épaisseur de mes cheveux noirs, la longueur de mes cils, la finesse de ma taille. Que reste-t-il de notre corps quand on l'a tant donné à l'autre ? Comment vit-il cet abandon après s'être tant considéré comme le prolongement du corps de l'autre ? Il se souvient malgré nous. E. me tenait la tête, je sentais ses mains dans mes cheveux, elle n'avait pas besoin de m'indiquer un mouvement. Ni d'incliner mon corps sur la gauche, ni de le décaler sur la droite. Le mouvement, je le maîtrisais. J'étais le mouvement. Je savais exactement ce que j'avais à faire et comment j'allais le faire. Je n'avais aucun frein, aucune pudeur. Je voulais l'atteindre au plus profond d'elle-même, voir son visage se déformer de plaisir. Je voulais être l'initiatrice de toutes les variations de ses crispations faciales. Je voulais l'entendre gémir avant qu'elle ne crie. Je mettais ma main sur sa bouche, par habitude, pour que nous ne soyons pas entendues des autres dans les maisons où nous nous aimions. Si je sentais que c'était nécessaire, pour étouffer son cri, j'introduisais ma main dans sa bouche pour qu'elle puisse la mordre. Face à la pression que ses dents exerçaient sur ma chair, j'ai souvent pensé que j'allais saigner. E. a un grain de beauté sur son sexe, un seul, assez visible, je ne sais plus s'il est sur la lèvre gauche ou droite, même les yeux fermés, je ne suis pas sûre du côté. Ceux qui sont passés après moi ou en même temps que moi l'ont-ils seulement remarqué ? E. a une peau laiteuse où mes empreintes doivent encore figurer quelque part. Elle a des traces blanches sur l'un de ses poignets, des cicatrices de la période où elle se scarifiait. Elle n'aime pas ses oreilles dont elle trouve les lobes trop gros et elle a toujours considéré que sa poitrine n'était pas assez volumineuse. À son corps, je ne trouvais aucun défaut. Sa peau, grâce à son odeur et sa texture, était mon territoire, mon île paradisiaque. On m'a souvent demandé ce que j'emporterais sur une île déserte. Sans hésiter, je répondais : « E. » Tant qu'elle était là, je n'avais besoin de rien d'autre.

À mon étage, le premier, une bibliothèque était installée dans le couloir, devant de très grandes fenêtres qui donnaient sur la salle de sport située au rez-de-chaussée. Je lui tournais autour plusieurs fois par jour. Ceux qui pédalaient sur les vélos elliptiques me voyaient souvent assise sur les fauteuils qui lui faisaient face. Je regardais les livres, parfois je les touchais. J'en avais déjà plein mon sac à dos mais j'en rapportais des piles dans ma chambre. Partir sans livres aurait été impensable. Partout où j'allais, c'était avec un livre. Pourtant, je n'arrivais plus à lire ou très peu. Cela me renvoyait sans arrêt à ce que j'avais perdu, au choix que j'avais fait de quitter mon poste dans l'édition. Au réfectoire, sur le plateau d'une femme qui venait d'être admise, j'avais remarqué un roman publié par la maison dans laquelle j'avais travaillé des années. Ça m'avait serré le cœur. Les livres me faisaient souffrir et pourtant je ne pouvais pas m'en passer. Je les ouvrais, je cherchais la phrase qui allait tout éclairer en moi. Cette phrase ne venait pas.

Je ne pouvais rien y faire, parler de littérature était ce qui m'animait le plus. La nourriture était infecte mais ça n'avait pas empêché des déjeuners enthousiastes au cours desquels nous avions parlé de Stefan Zweig, particulièrement de *Vingt-quatre heures de la vie d'une femme*, devant nos poissons mal cuits. Je m'étais souvenue que je n'avais jamais pu convaincre E. d'entrer dans un casino même pour miser quelques dizaines d'euros. Elle n'y avait jamais mis les pieds. Elle avait peur de développer une addiction aux jeux. Elle en était tellement persuadée que je n'avais jamais insisté. Une nouvelle pensionnaire avait dit « c'est calme ici, à Charles-Perrens, les plateaux volent durant les déjeuners ». J'avais tout de même assisté à certaines crises, sans intervenir, laissant faire les infirmières. La plupart des personnes hospitalisées avec moi en étaient à leur deuxième, voire troisième séjour dans cet établissement, ou alors ils avaient déjà été admis dans d'autres institutions. Au moment du dessert, j'avais conseillé *Le Joueur d'échecs*.

Stefan Zweig se suicide le 22 février 1942, à Petrópolis, au Brésil, en plein carnaval de Rio, en avalant du Véronal. Il propose à son épouse, Lotte Altmann, de le suivre dans la mort. Elle accepte. Ce prénom doit être le diminutif de Charlotte mais il me fait toujours penser au poisson. On les retrouve le lendemain matin, couchés l'un contre l'autre, les mains jointes, la tête de Lotte appuyée sur l'épaule de son mari. Une photographie est prise par la police brésilienne. Elle apparaît à droite sur la photo. On ne sait pas qui est mort le premier.

Parler de littérature nous avait fait bifurquer vers l'état du monde. Alice avait parlé du 11 septembre 2001 et plus précisément du 12 septembre 2001. À cette période elle vivait en Arabie saoudite, là-bas c'était la victoire. Elle avait raconté les vitrines des pâtisseries : des gâteaux représentant les Twin Towers qui s'effondrent et que tout le monde s'arrachait. Le monde avait basculé et je ne me doutais pas que dans une partie de ce monde, des gens engloutissaient des bouts de tours en pâte à sucre et autres glaçages au chocolat. Pour moi, le 12 septembre, c'était l'homme qui tombe dont on ignore toujours l'identité. Ce cliché reste probablement l'un des plus marquants de ce vingt et unième siècle. Une photographie prise par Richard Drew à 9 heures 41 minutes 15 secondes. Devant mes légumes bouillis m'apparaissait aussi le tableau de Gerhard Richter. Si chez Magritte il fait jour la nuit, dans *September* de Richter il fait nuit le jour. Le matin du 11 septembre 2001, au moment où le premier avion s'écrase dans la Tour nord du Wall Trade Center, l'artiste survole l'Atlantique à bord du vol Cologne - New York de la Lufthansa. Il se rend à New York pour l'inauguration d'une exposition qui lui est consacrée. Les autorités américaines prennent la décision de fermer totalement l'espace aérien américain, son vol est détourné vers Halifax au Canada.

Le corps médical me répétait : « Mais qu'est-ce que vous êtes dure avec vous-même ! Il faut reposer votre cerveau. » Je m'étais tournée vers le sport et les activités manuelles. J'allais souvent à la piscine, à pied ou en transport. Je ne suis pas manuelle mais j'aime atteindre un objectif, celui que je me fixe. J'avais donc entrepris de m'inscrire à l'atelier d'ergothérapie. Dans la salle d'attente où je patientais avant chaque entretien avec ma psychiatre, je regardais une tête de licorne en papier accrochée au mur, façonnée selon une technique de pliage, le papercraft, dont je découvrais l'existence. L'effet produit est comparable aux faces des animaux en acier conçus par Xavier Veilhan. Avant de choisir mon animal, j'avais voulu connaître les détails techniques concernant le rendu après le montage. L'animateur m'avait dit « vous, vous avez besoin de savoir où vous allez ». J'ai beaucoup réfléchi et j'ai choisi l'ours. D'après mes recherches sur Google, les ours symbolisent l'esprit guerrier et le courage, ce choix m'a semblé approprié. Pour le fabriquer, il m'a fallu sept heures, une bulle privilégiée, les seuls moments où je ne pensais à rien, moi qui pense toujours à quelque chose.

La semaine avant mon départ de la clinique, je suis rentrée un après-midi chez moi, histoire de me réacclimater, ça faisait partie de la thérapie. J'ai trié mes papiers, j'avais besoin de mettre de l'ordre. J'ai attrapé la boîte que m'avait fabriquée E. pour Noël 2003. Cette boîte m'a suivie partout, dans chaque appartement. Même quand j'ai quitté Paris, je n'ai pas pu me résoudre à m'en séparer. Sur le couvercle, il était inscrit « les petits messages de mon cœur », à l'intérieur une quarantaine de petits papiers de couleur bleue et verte, pliés sur eux-mêmes, abritaient chacun une phrase courte. Je les ai tous relus. Qu'était-il écrit sur le premier que j'ai déchiré en deux ? Je ne m'en souviens pas, sûrement une phrase comme toutes les autres, qui sonnaient désormais faux. Ils ont tous connu le même sort, j'en ai conservé trois ou quatre, juste pour me rassurer, me confirmer que malgré tout, ces mots avaient été un jour écrits avec amour. La boîte est partie quasi intacte à la poubelle.

Avant qu'elle n'assume notre relation, E. avait, pendant des années, modifié mon identité. Elle prenait toutes mes caractéristiques mais les transposait au masculin. Visiblement, il lui était impossible d'annoncer qu'elle était en couple avec une fille donc je devenais un garçon dans ses récits. Mais alors, où était la fille que j'étais pendant ce temps-là ? Elle était absente des miens, je préférais passer pour une célibataire. L'idée d'attribuer un autre genre à E. ne m'avait jamais effleurée, elle réclamait le secret, alors je me taisais. J'ai gardé cette habitude de rester discrète sur ma vie privée. J'avais évidemment partagé mon histoire avec mes amis les plus proches. Il m'arrivait de me lasser de raconter la même histoire, je m'entendais et je me fatiguais toute seule. Ils avaient souvent essayé de me raisonner, décontenancés devant les états dans lesquels je pouvais me mettre. Je ne racontais pas tout, il restait des choses inavouables. Ils avaient compris que ce n'était pas la peine d'insister, car même lorsque j'étais lucide et que je semblais décidée à tout arrêter, ils se doutaient que j'y retournerais dès qu'ils auraient tourné le dos. Ils étaient restés malgré tout, ils étaient toujours là quand j'ai sombré. E. trouvait parfois que j'avais trop d'amis, qu'ils prenaient trop de place dans ma vie, elle en avait très peu, elle disait que je lui suffisais. On m'a souvent fait remarquer que lorsque je parle de notre histoire, je commence toujours par en évoquer sa complexité. Un mot revient sans cesse dans la bouche de ceux qui la découvrent : toxique. Que je commence par le début ou par la fin, que je fasse des raccourcis ou que je les abreuve de détails, le même mot revient toujours et encore : toxique. Comme une conclusion acide, une résolution mathématique qui ne possède qu'un seul résultat juste : toxique. Une relation toxique. Peut-être que je raconte très mal les histoires.

Je ne veux plus être là pour personne, seulement pour moi. C'est nouveau. J'ai l'impression de ne plus faire partie du monde et pourtant la trace du rouge à lèvres sur une cigarette fumée hier atteste de mon existence, là, posée dans un pot en terre. Elle marque mon passage dans les lieux. Un virus envahit la Chine depuis plusieurs semaines. Le premier cas français et même européen vient d'être recensé, ici à Bordeaux. Je me suis retirée du monde.

C'est la seule chose que j'ai écrite là-bas dans mon carnet jaune. Au-dessus de ces mots, j'avais ajouté comme un exergue un extrait de la chanson *Comme un boomerang* composée par Serge Gainsbourg, « si un jour je me flingue, c'est à toi que je le devrai ».

J'ai quitté la clinique un jeudi matin, il faisait beau. Personne n'est venu me chercher. Je n'avais besoin de personne. Je rentrais chez moi, je rentrais à la maison. Je suis partie avec mon ours dans les bras et la chanson *Au revoir mon amour* de Dominique A dans les oreilles, au volume maximum.

Te prépares-tu chez toi
À ne pas me rencontrer
Ou bien à m'ignorer
Où es-tu ?

7

Dans la première partie de *Mulholland Drive* de David Lynch, un homme explique à un autre qu'il lui a donné rendez-vous dans ce *diner* à cause d'un rêve. Ou plutôt d'un cauchemar. Il a rêvé de cet endroit, tout y est absolument identique excepté la lumière, dans son rêve ce n'est ni la nuit ni le jour, c'est un entre-deux. Dans ce rêve, son ami est là et lui aussi a peur. Voir cette peur dans les yeux de son ami décuple la sienne. Ce qui l'effraie c'est un homme derrière le *diner*, un homme dont il ne voit pas le visage mais dont la présence le terrifie. Son ami l'incite à lui montrer l'endroit où se trouvait l'homme. Ils sortent. Au fur et à mesure qu'il avance, il transpire. À l'image, surgit alors une créature mi-humaine mi-fantastique qui se dirige vers lui, une sorte de sorcière mal maquillée. Est-elle réelle ou est-elle le fruit de son imagination ? Est-ce sa peur qui parle ? Son cauchemar qui s'immisce dans la réalité ? Qu'est-ce que c'est ? Il s'écroule, la peur l'oppresse, il fait une crise cardiaque.

14.02.2012
Pour toi Mon âme sœur sans qui mon existence semblerait encore plus vide de sens,
Pour toi Ma passion à qui mon corps doit ses plus intenses sensations,
Pour toi Mon amour qu'aujourd'hui je ne sais plus aimer,
Je te veux pour toujours.

E. était arrivée à Paris avec une rose et une carte sur laquelle elle avait inscrit ces mots. Elle venait chez moi de plus en plus souvent depuis deux mois. Elle avait du temps, n'était plus étudiante et cherchait du travail. En novembre 2011, elle m'avait envoyé un texto pour me dire qu'elle avait envie de me voir, elle avait envie de changer d'air. Je n'avais pas envie qu'elle vienne respirer mon air, j'avais envie qu'elle reste là où elle était. Nous n'étions plus vraiment ensemble, elle m'avait quittée une fois de plus, en octobre. Mais nous n'étions pas vraiment séparées non plus. Nous étions ce que nous avions toujours été. En attente. Devant son insistance et mon manque de fermeté, j'avais fini par céder mais j'avais un mauvais pressentiment, je me doutais qu'il y avait une autre raison à ses trajets répétés. J'avais fait l'autruche, la tête dans le sable, je me concentrais sur sa présence et le fait que chaque soir et chaque matin, je l'avais à domicile. Et si son intention à mon égard n'était pas claire, je m'en contentais, c'était le prix à payer pour pouvoir lui préparer son café le matin, pour m'endormir contre elle. Je partais travailler, elle partait se promener. Le soir, elle me tendait les brochures d'expositions qu'elle avait visitées. Combien de temps cette comédie allait-elle durer ?

Dans mon entrée, je lui avais dit combien elle était belle, combien elle me plaisait, nous partions dîner chez des amis. Elle avait souri, un sourire de défi « et c'est toi qui m'as dans ton lit ». Oui c'était moi, et nous nous étions embrassées. Oui c'était moi, mais quelque chose clochait. Nous étions invitées chez Laura et Charles, les autres y seraient aussi. J'avais apporté une bouteille de champagne pour fêter mon CDI avec eux. E. avait préparé des muffins salés. J'étais heureuse, j'avais obtenu le poste que je voulais, j'avais su faire mes preuves, atteint mon objectif, professionnellement j'étais à ma place. Pour atteindre le bonheur complet, il me restait à bousculer, avec le maximum de douceur, la personne qui était à mes côtés afin qu'elle veuille s'engager avec moi. Malgré les apparences, je pressentais que son choix s'était peut-être déjà porté sur quelqu'un d'autre. Je reconnais ceux qui mentent malgré leur application certaine. Mon père m'a tellement menti quand j'étais enfant qu'il est désormais très difficile de me mentir. Parce que je connais les silences qui précèdent un mensonge, les temps d'arrêt, je sais quand les phrases deviennent confuses et qu'elles ne veulent plus rien dire, je vois ce qui est à l'œuvre et ce qui trahit sur un point précis des contours des pupilles. Je sais poser la question piège. J'ai passé l'année entre mes huit et neuf ans à faire avouer son infidélité à mon père, j'y ai mis toute mon énergie. Toute mon énergie d'enfant. C'est dans cet effort que mon enfance a cessé. Mes amies jouaient aux jeux de notre âge, moi je tendais des pièges à mon père pour le démasquer. Je suis très entraînée. Mentir à l'être aimé, c'était commencer à l'humilier. Je pensais que le pousser à l'aveu rendrait peut-être moins amère cette humiliation pour ma mère. La seule chose que j'avais demandée à E., la seule, c'était de ne pas me mentir, jamais. Surtout, si elle venait à me tromper, la seule chose que je lui avais demandée, c'était de me quitter avant, pour que je n'endosse jamais ce statut de personne trompée qu'avait eu ma mère. Par ricochet, d'une certaine façon, ma sœur et moi avions aussi été des enfants trompés. Ma sœur travaille dans la justice, elle est avocate, elle défend. Un enfant trompé met en œuvre toutes les stratégies possibles pour ne jamais devenir un adulte trompé. À dix ans déjà, je me répétais en m'endormant, comme une prière, « à moi on ne fera jamais ça, moi, je le rendrai impossible, moi, on ne me traitera pas de la sorte ». Si j'avais su. C'est fou toutes ces promesses qu'on se fait à soi-même et qu'on ne tient jamais. J'avais été très claire sur ce point, pourtant, malgré mes suspicions, je l'avais laissée venir à la maison. Quelque part j'avais été consentante.

Natalia était arrivée en milieu de soirée, elle avait montré sa main, sa bague de fiançailles et nous avions descendu deux bouteilles de vodka en un temps record. E. ne mangeait pratiquement plus, elle était sous médicament, je savais tout ça. Je n'avais pas éloigné son verre. Elle avait fait une sorte de malaise, Charles lui donnait des claques, j'étais en train de danser avec Alexandra, nous avions dessoûlé très vite. Charles l'avait allongée dans leur chambre, j'étais restée avec elle. J'attendais. L'alcool allait certainement la pousser à la confession. J'ai compris qu'elle allait vomir mais il était trop tard pour la conduire aux toilettes. Je l'avais assise, je l'avais prise dans mes bras, et tandis qu'elle me vomissait dessus, j'attendais. Je l'enrobais de tout mon amour malgré le mélange de vomi et de bile qui coulait sur mes habits. Elle allait avouer, elle allait baisser les armes, elle allait m'expliquer à quoi elle passait ses journées, pendant que je travaillais, et avec qui elle était. Rien n'était venu. Laura est arrivée avec un sac plastique, j'ai dit en riant « tu arrives un peu tard ». E. répétait en boucle combien elle m'aimait, combien elle ne supporterait pas de vivre sans moi. Laura avait levé les yeux au ciel. E. s'était endormie. J'avais commandé un taxi. Dans la précipitation, je lui avais mis ses chaussures à l'envers. E. avait du vomi plein la jupe, Gwendal lui tenait les jambes, six étages à descendre, et je voyais que l'odeur lui soulevait le cœur. Le chauffeur de taxi avait refusé de nous prendre. Depuis sa voiture, il avait aperçu une foule dans les escaliers puis un corps porté à l'horizontale par deux hommes, il n'avait pas cherché à comprendre, il s'était enfui. Il fallait tout recommencer et recommander une voiture. Laura avait suggéré d'appeler le SAMU, Gwendal disait que le SAMU ne faisait pas taxi et on s'était marrés dans la nuit froide de février. Exaspérée, j'avais fini par l'asseoir dans une jardinière le temps qu'une deuxième voiture arrive. Le chauffeur de taxi n'arrêtait pas de la fixer dans son rétroviseur. Il avait demandé si elle avait besoin qu'on s'arrête. Avec autorité, je lui avais tendu un mouchoir. À République, j'avais murmuré « on est bientôt arrivées », je me rendais compte qu'elle faisait des efforts pour que je n'aie pas à chercher une troisième voiture. Quand elle a ouvert la portière, son sac à main est tombé sur le trottoir, je ne savais pas comment l'extraire du véhicule. Je l'ai blottie contre moi. Je la portais presque. Devant la porte de mon appartement, je l'avais calée contre un mur, elle s'était écroulée. Depuis, cette chute provoquait un fou rire immédiat à chaque fois qu'on se la remémorait. Le genre de souvenir qui ne fait rire que ceux qui l'ont vécu. Elle nous en rappelait une autre, plus récente, qui nous amusait beaucoup.

Lors de notre voyage à Lisbonne en 2014, nous étions tombées l'une sur l'autre sur la place du Commerce. Personne n'a jamais su laquelle de nous deux avait entraîné l'autre, nous nous étions littéralement emmêlées, essayant chacune de nous protéger. La veille, une performance de l'artiste Lygia Pape s'était déroulée dans l'espace public. Une reprise de son emblématique œuvre collective *Divisor* qu'elle avait initiée en 1968 à Rio et qui avait la particularité d'être reproductible sans sa présence. Cette œuvre invite les spectateurs à y entrer en insérant la tête dans l'une des cent sept fentes disponibles d'un drap blanc de trente mètres de large sur trente mètres de long. C'est le public qui active l'œuvre. Ne sont visibles que les têtes des participants, la tête séparée du reste du corps, unis par un même « vêtement » abolissant ainsi toute hiérarchie sociale et distinction de classe. Des hommes et des femmes vêtus de tee-shirts à l'effigie de *Divisor* distribuaient aux passants ces mêmes tee-shirts. Sur la face recto était imprimée la photo d'une femme. Je pensais que c'était Sophie Calle, mais à bien y regarder elle lui ressemblait simplement beaucoup. En marchant ensemble, pratiquement collées, nous étions plongées chacune dans notre tee-shirt scrutant la photo pour savoir si c'était vraiment elle. C'est ainsi que nous étions tombées. Je l'ai toujours, je l'appelle « mon tee-shirt Sophie Calle ». D'après mes recherches, il s'avère que la photo de cette femme a été prise en 1968 à Rio, elle est sous un drap, prête à introduire sa tête dans un trou.

Le lendemain de cette soirée arrosée, nous nous étions rendues à la Gaîté Lyrique pour voir l'exposition *2062, aller-retour vers le futur*. La série *2067* de l'artiste David Guez offrait la possibilité d'envoyer un mail dans le futur. Je m'étais choisie comme destinataire. Je suis censée le recevoir en 2067, mon adresse électronique fonctionnera-t-elle encore ? Le texte que contient ce message questionne le bonheur, le mien, il l'interroge. Comme si je demandais à la personne que je serai en 2067 de répondre à la question que lui pose la personne que j'étais en 2012. Un moyen de différer la réponse, celle de 2012 étant incapable de répondre à cette question. Un peu plus loin, des téléphones permettaient de laisser des messages vocaux qui seraient délivrés à la date de notre choix. J'avais insisté pour lui laisser un message dans le futur. Un couple attendait devant nous. L'homme du couple s'était adressé à moi, « vous allez lui dire quoi, est-ce qu'on sera toujours amies ? ». Sa femme l'avait fusillé du regard. Un regard similaire au mien, qui disait non mais de quoi je me mêle, je vous ai demandé quelque chose ? Je l'avais regardé avec mépris. « Est-ce qu'on sera toujours amies ? » Nous étions insoupçonnables. Je n'avais pas répondu, il avait eu l'intelligence de comprendre que ce n'était pas le moment de s'immiscer entre E. et moi. J'avais pris le combiné, attendu le signal sonore et j'avais prononcé ces mots, très lentement, très calmement : « Nous sommes en 2012, tu es derrière moi, je voudrais te poser une question : où est-ce que nous en sommes ? » J'ignore si E. composera un jour le code qui lui permettrait d'entendre ces mots, il sera dévoilé, sur une plateforme numérique, le 19 mai 2023. Nous avions fait une pause sur des grandes roues de pneus, encore fatiguées par l'alcool de la veille. Nous étions allongées, sa main dans la mienne, j'avais pensé que c'était le moment, elle allait se trahir, non, elle avait juste remonté la bretelle de ma robe avec délicatesse.

Pour terminer le week-end, nous avions passé le dimanche après-midi au théâtre du Rond-Point, j'étais tombée par hasard sur l'annonce d'une rencontre entre Sophie Calle et Pippo Delbono. E. ne refusait jamais ce que je proposais, elle aimait se laisser porter, et la porter, j'adorais ça. À l'époque, j'étais déjà fascinée par Sophie

Calle, et ma fascination n'allait cesser de s'accroître les années suivantes. Ils étaient tous les deux sur la scène, sans modérateur, ne sachant pas ce qu'ils devaient faire, ne sachant pas ce qu'on attendait d'eux. Alors ils s'étaient lancés, s'étaient interviewés comme ils avaient pu. C'était absurde. Cette absurdité était jubilatoire. Sophie Calle portait une chapka que Pippo Delbono avait fini par lui voler. Pippo Delbono disait « qu'est-ce qu'on doit faire ? On fait la potiche ». Personne ne venait à leur secours. Ils avaient cherché ce qui pouvait les réunir. Des points communs, ils en ont, et pas des moindres. Mais ils ne les partageaient pas encore, la mère de Pippo Delbono étant encore en vie. Tous les deux filmeront leur mère sur leur lit de mort. Quand Sophie Calle branche sa caméra au chevet de sa mère, cette dernière s'écrie « enfin ». Pensant que sa mère pourrait avoir une dernière chose à lui dire avant de s'éteindre, Sophie Calle reste à ses côtés jusqu'à la fin, caméra allumée. La dernière volonté que sa mère avait exprimée était d'écouter le *Concerto pour clarinette en la majeur K.622* de Mozart. C'est au cours des onze minutes que dure ce morceau qu'elle décède, sans que sa fille ne s'en rende compte. Elle intitulera cette vidéo *Pas pu saisir la mort.* Sur scène, il fallait remplir le silence. Sophie Calle avait alors annoncé, en conclusion de cette rencontre, qu'elle avait confié à Pippo Delbono la mise en scène de ses propres funérailles, mais de son vivant. Je ne sais pas où en est ce projet. Nous avions regagné le métro. Sur le quai, E. avait menti à sa mère, elle ne lui avait pas dit qu'elle était à Paris, elle avait raccroché en se tournant vers moi, « je mens à tout le monde ». Elle était triste. J'avais répondu « non, tu ne me mens pas à moi » pendant que les portes de la ligne 1 s'ouvraient. Je l'avais dévisagée, elle affichait une expression irréprochable. J'en étais presque admirative. Elle n'avait pas réagi à cette perche tendue qui était restée en suspens, un flottement coupable, annihilant toute tentative d'aveu. Tel un avertissement, la sonnerie avait retenti et les portes du wagon s'étaient brusquement fermées.

8

It's all recorded. No hay banda. It's all a tape.
Il n'y a pas d'orchestre. It is an illusion. Silencio.
David Lynch, *Mulholland Drive*

C'est une chambre d'hôtel. Un territoire neutre. Une sorte de non-lieu. Je la regarde dormir. J'observe la ville qui scintille dans la nuit. Nous sommes au vingt-troisième étage du Nhow Hôtel à Rotterdam. Un hôtel situé dans la partie gauche supérieure du bâtiment, l'immeuble « De Rotterdam », conçu par Rem Koolhaas. Pour établir la structure du plus grand édifice des Pays-Bas, avec ses 15 mètres de hauteur et ses 160 000 mètres carrés de surface, l'architecte a imaginé que les différentes façades seraient observées, le plus fréquemment, par des personnes en mouvement, et notamment depuis la fenêtre d'une voiture. Selon le changement de point de vue, les tours semblent soit se séparer soit fusionner. Un effet d'optique, en somme. Une illusion. Avec E., nous sommes dans la fusion. Nous venons de fêter ses trente ans. C'est mon cadeau. La Meuse est à nos pieds, de l'immense baie vitrée, on voit le pont Érasme. Nous n'avons pas tiré les rideaux, nous voulons profiter de la vue même pendant notre sommeil. Elle s'endort avant moi et je contemple ses cheveux qui s'étalent sur l'oreiller. À partir du moment où nous avons commencé à dormir ensemble, nous ne voulions pas dormir, dormir c'était perdre du temps, c'était rater quelque chose de l'autre. « Surtout, ne t'endors pas avant moi, préviens-moi si tu t'endors. » J'écoute les sirènes du quartier, ce ne sont pas les mêmes qu'en France, elles ressemblent davantage à celles de New York. Je lui caresse le visage. Je glisse les ongles de mon autre main dans ses boucles. Je fixe la légère cicatrice située en dessous de ses lèvres. Je vois ses globes qui bougent sous ses paupières. Je m'approche de son oreille et je chuchote « je t'aime, je te tiens ». C'est ce que nous aimions nous dire quand nous étions jeunes. C'est dans la lumière du matin que je prends une photo. Grâce à la porte en verre de la salle de bains, face à la baie vitrée, on a l'impression que je suis en dehors de la chambre, que je suis de l'autre côté de la baie vitrée, à l'extérieur, dans le vide. Cette ambiance cinématographique m'évoque l'hôtel Park Hyatt de Tokyo, celui de *Lost In Translation*, mais je ne pense ni à Sofia Coppola ni à Bill Murray, je pense à *Faire l'amour* de Jean-Philippe Toussaint. Je voudrais la piscine, il n'y en a pas ici. J'ai l'impression que E. se superpose à Marie, elle se confond avec son image quand je la prends en photo alors qu'elle dort encore. C'est un livre important pour moi, le premier volet d'une tétralogie amoureuse dont nous avons partagé la lecture. *Nue*, qui clôt ce cycle entamé en 2002, paraît en 2013, deux jours avant notre précédente rupture (parmi les plus importantes), c'est ce livre que je viens de terminer quand E. décide de me quitter une nouvelle fois cette année-là. Quelques jours après notre vraie rupture, celle qui nous plonge dans l'état définitif, je lis *Nuit noire* de Renata Adler et j'en poste un extrait sur Facebook : « Comment pouvais-je savoir que chaque fois que tu avais la possibilité de faire un choix, tu choisirais l'autre possibilité ? » E. se sent visée, sûrement à juste titre, elle répond par une photo, ou plus précisément par un collage. Un collage réalisé à partir d'extraits de *Nue*, que je lui avais offert. Elle a pris le temps de photocopier chaque page choisie, elle a découpé les phrases sélectionnées, les a collées sur une feuille et en a fait une photographie. En commentaire, elle poste cette photo. Nous n'allons pas régler nos comptes sur un réseau social, je suis étonnée de son geste, E. met peu sa vie en avant sur les réseaux. Elle m'envoie un texto le lendemain pour me dire que ma publication l'a beaucoup affectée. Je finis par tout effacer tant je suis mal à l'aise avec cet étalage qui ne nous ressemble pas.

Nous sommes arrivées en début d'après-midi, notre train avait trois heures trente de retard, nous avons mis six heures pour effectuer le trajet de Paris à Rotterdam. C'était la panique à la gare centrale, on suspectait un colis piégé, elle avait été entièrement évacuée. Nous étions moins d'un mois après l'attentat déjoué par les Américains à bord du Thalys. Nous avons été arrêtés à Liège sans aucune information. Notre train a fait un immense détour, nous avons dû en prendre un autre pour rejoindre Rotterdam. Nous passons l'après-midi dans le quartier des musées, nous nous attribuons une rue, nous faisons toujours ça en voyage. « C'est notre rue », c'est notre monde, c'est toi et moi, c'est nous deux. Celle où nous pourrions vivre, celle où nous nous sentons chez nous. E. et moi, nous aimions les mêmes choses et nous aimions faire les mêmes choses. L'une ne se forçait jamais pour faire plaisir à l'autre. Nous choisissons la Witte de Withstraat. Les Rotterdamois la nomment aussi l'axe artistique de Rotterdam, car elle relie le Museumpark, où se trouve notamment le musée Boijmans Van Beuningen, au Musée maritime. Le soir, au restaurant de l'hôtel, nous choisissons le menu surprise et nous commandons deux coupes de champagne. E. ouvre ses autres cadeaux, des cadeaux dorés : un collier en or orné d'une petite boule tombant dans le creux de son cou. Pour le situer précisément, il faut l'imaginer sous la pomme d'Adam, même si les femmes n'en ont pas. Aucun mot n'existe pour cet endroit particulier, en tous cas pas à ma connaissance. E. embrassait le mien dès qu'elle pouvait, avant même que nos lèvres osent se rejoindre, ce creux était son espace dédié. Il était l'endroit de notre intimité. Ses yeux brillent. Les miens aussi. En symbiose. Avant le dessert, je fais mine d'aller aux toilettes et je demande à voix basse à une serveuse si elle peut mettre les bougies que je lui tends sur le gâteau. Ce n'est pas vraiment un gâteau, c'est une composition de plusieurs desserts. Pour mes trente et un ans au Mama Shelter à Paris, E. avait fait la même chose. Elle a toujours été très attentionnée, les détails avaient une importance essentielle dans sa vie. J'aimais tellement ça. Pour un Noël, je ne sais plus lequel, elle s'était rendue dans tous les chocolatiers de sa ville pour m'offrir différentes versions de mon chocolat préféré : un chocolat rempli de pâte d'amande et recouvert de ganache noire. Je lui demande de faire un vœu, elle ne me quitte pas des yeux, ce sont toujours mes yeux qu'elle regarde quand elle souffle les bougies.

Nous allons fumer dehors, la ville s'étend sous nos pieds, les phares des voitures, sur le pont Érasme, clignotent comme des lucioles. Ces insectes dont la présence recule dans la presque totalité du monde. Neuf mois avant sa mort, le 1er février 1975, Pier Paolo Pasolini écrit dans le *Corriere della Sera*, un article intitulé « Le vide du pouvoir en Italie ». Il relate une société qui s'écroule, métaphorise sur les lucioles pour décrire l'effondrement du monde à venir. « Au début des années soixante, à cause de la pollution atmosphérique et, surtout, à la campagne, à cause de la pollution de l'eau (fleuves d'azur et canaux limpides), les lucioles ont commencé à disparaître. Cela a été un phénomène foudroyant et fulgurant. Après quelques années, il n'y avait plus de lucioles. (Aujourd'hui, c'est un souvenir quelque peu poignant du passé : un homme de naguère qui a un tel souvenir ne peut se retrouver jeune dans les nouveaux jeunes, et ne peut donc plus avoir les beaux regrets d'autrefois.) Ce “quelque chose” qui est intervenu il y a une dizaine d'années, nous l'appellerons donc la “disparition des lucioles”. »

Le lendemain, nous flânons dans l'immense marché, le Markthal Rotterdam. E. s'arrête devant un aquarium dans lequel se déplacent des homards, elle mime leurs pinces devant la vitre. Je me souviens qu'elle savait imiter la voix de Donald, ce qui me rendait hilare et me surprenait toujours comme si je l'entendais à chaque fois pour la première fois. Nous allons dîner au restaurant de l'Hôtel New York, la nuit est en train de tomber quand nous traversons le parking de l'hôtel. Les lettres rouges imprimées sur la façade arrière sont éclairées grâce à des lampadaires. On se croirait devant le Grand Budapest Hôtel de Wes Anderson. E. sort l'appareil photo, et pendant qu'elle fait la mise au point, elle me dit « c'est l'endroit parfait pour faire l'unijambiste ». L'unijambiste est le nom qu'elle a donné à une pose que j'ai pris l'habitude de faire sur nos photos de voyage. La première fois que mon corps s'est incliné pour donner vie à cette étrange silhouette, c'était à Lisbonne, sur la place du Commerce. E. voulait me prendre en photo devant le Tage et, je ne sais pas pourquoi, j'avais initié ce mouvement. Il est facile à réaliser : il faut pencher son corps vers l'avant, tendre la jambe droite vers l'arrière et lever les bras de chaque côté, comme les ailes d'un avion, pour tenir l'équilibre. Cette position donne l'illusion que je ne possède qu'une seule jambe, la gauche, qui supporte l'ensemble de la structure. Nous n'avons pas réservé et nous devons attendre une demi-heure pour qu'une table se libère, ce qui nous laisse le temps d'apprécier la façade avant de cet hôtel singulier. Il est installé depuis 1993 dans les anciens locaux du siège de l'Holland America Line, qui a cessé ses activités depuis 1971. C'est à partir de là, du Wilhelminakade, que depuis un siècle les navires quittent Rotterdam pour regagner New York. Beaucoup de gratte-ciel illuminent le ciel de cette journée de septembre qui s'achève. Il ne fait plus vraiment jour mais il ne fait pas encore tout à fait nuit. Nous sommes à la jonction, comme dans un état intermédiaire. E. prend des photos et je l'immortalise moi-même de dos en train de capturer ce paysage. J'ai dû réaliser une vingtaine de photographies d'elle de dos. De mon point de vue, on ne fait pas suffisamment attention à ce que les gens expriment lorsqu'ils sont de dos. Je trouvais sa nuque infiniment poétique. Quand elle se retourne, elle s'approche de moi, glisse sa main dans la mienne, nous faisons face à l'eau, aux bateaux éloignés, à New York, comme une promesse à l'horizon. Les lumières autour de nous semblent avoir subi un traitement photographique : la technique de ce flou esthétique nommé *bokeh*. Tous les ronds lumineux se superposent, ils gravitent, nous sommes alors au centre de cette explosion de lumière. Oui, nous sommes là. Elle murmure « je t'aime tellement, nous y sommes arrivées ».

*

Je n'avais jamais déchiré un livre. Enfant, la seule interdiction qui m'avait été formellement imposée était de ne pas abîmer un livre, de ne jamais écrire sur un livre. Un livre, c'était sacré à la maison. J'avais gardé cette habitude. Je cornais les pages dans la partie supérieure, pour indiquer qu'à cette page-là, quelque chose était à mémoriser. Cette page avait plus d'importance que les autres, il me fallait la relire entièrement pour comprendre ce que j'avais voulu retenir. Il aurait été plus simple de l'annoter ou au moins d'inscrire une croix, un signe quelque part. C'est ce que font beaucoup de gens autour de moi. Quand ils me prêtent leur livre, j'ai l'impression d'être dans leur tête en découvrant leurs notes, les phrases qu'ils soulignent, c'est une manière subtile mais puissante d'entrer dans leur intimité. Une amie m'avait donné le dernier livre écrit par celui qui m'avait causé tant de tourments, il était hors de question que je l'achète, je n'avais aucune envie de le lire mais elle m'avait proposé de me le laisser. Je pourrais y jeter un coup d'œil pour voir si mon mépris était toujours fondé. Au bout de trente pages, ce que je lisais m'énervait tant que j'ai commencé à déchirer la page que j'avais sous les yeux. L'énervement galvanisé par cet acte de résistance s'était transformé en rage. Bientôt le sol s'était couvert d'un tas de feuilles, il ne restait plus rien du livre, j'avais même déchiré la couverture. Comme ce n'était pas assez pour arrêter la colère retenue depuis deux ans, j'ai redéchiré chaque page plusieurs fois, si bien que j'avais désormais face à moi des confettis, de tout petits confettis sur lesquels on apercevait des lettres, parfois des mots, les survivants du carnage. Après avoir tout ramassé, j'étais allée jeter l'ensemble à la poubelle, en espérant que mon amie ne me réclamerait jamais le livre qu'elle m'avait confié.

9

Alice m'avait souhaité bonne chance quand j'étais allée lui dire au revoir dans sa chambre, le matin de mon départ. J'avais intégré une chambre individuelle trois jours avant et elle avait hérité de mon lit initial. « Tu as l'air d'aller mieux. Garde ton beau sourire. Je me souviens quand tu es arrivée, tu pleurais tout le temps. » Je ne pouvais pas m'empêcher de pleurer, c'est vrai, des pleurs en continu avant que les médicaments amoindrissent leur fréquence. Je pleurais dans les salles communes, au petit déjeuner, devant tout le monde mais ça m'importait peu. Si je ne pouvais pas m'autoriser à laisser sortir ces sanglots dans une clinique psychiatrique, où allais-je pouvoir le faire ? C'était l'endroit adéquat. J'étais là pour ça. Pendant que les larmes coulaient, j'entendais dans ma tête la voix de E. qui répétait : « Mais pourquoi tu ne veux pas qu'on vive une belle histoire d'amour ? »

Dans une relation amoureuse, une des choses les plus douloureuses est sûrement d'apprendre que l'être qu'on aime veut nous quitter. Mais il y a encore plus douloureux : être humilié par l'être aimé. Cette humiliation peut s'avérer terriblement dévastatrice et il n'existe rien de plus dangereux qu'une personne humiliée. L'humiliation déclenche des mécanismes de défense peu communs. Une expérience en psychologie sociale m'a particulièrement marquée pendant mes études, elle démontre que l'humiliation est directement connectée au surgissement d'une certaine forme de délinquance. Un enseignant demande à deux enfants de réaliser un dessin dans deux pièces différentes. Devant leur production, il en flatte un tandis qu'il dénigre l'autre. Au préalable, un billet de banque est volontairement laissé à l'abandon dans chaque salle de classe. L'enseignant sort de la pièce avant l'enfant testé. Les statistiques de cette expérience mettent en avant le fait que les enfants dénigrés sortent toujours en volant le billet tandis que les enfants flattés le laissent à sa place. Je parle d'humiliation mais peut-être faut-il plutôt évoquer un abus de confiance. Selon le Code pénal, « l'abus de confiance est caractérisé par le fait de détourner des fonds ou un bien appartenant à autrui de façon contraire à ce qui était convenu avec son propriétaire ». De façon contraire à ce qui était convenu.

Quand j'ai découvert que E. me trompait, je l'ai appelée. J'ai souvent regretté d'avoir composé son numéro un peu trop vite, un peu trop tôt. Je n'ai pas pu voir l'expression qui a traversé son visage quand elle a compris que je l'avais démasquée. Elle avait commencé par nier, disant que j'étais dingue. Par la fenêtre, j'avais regardé la sculpture en bois imposante qui trônait dans l'appartement en face du mien. Je n'ai jamais réussi à identifier de quel animal elle avait la forme, j'avais rapidement décrété qu'il s'agissait d'une hyène. La hyène riait, elle se moquait de moi, il y avait de quoi. « Je le sais parce que je l'ai lu dans ta messagerie Facebook. Ta session est restée ouverte sur mon ordinateur après ton départ. » Le long silence qui avait suivi était synonyme d'aveu. Il était celui de ma victoire, qui était tout sauf une victoire, il était celui de sa défaite, qui était tout sauf une défaite. Qui avait gagné et qui avait perdu ? Elle avait arrêté de protester, elle se taisait. Elle avait ajouté « je sais que tu ne me croiras pas mais c'était la première fois ».

Je l'avais insultée. Les injures les plus improbables sortaient de ma bouche mais cela ne me calmait pas, cela ne me soulageait pas. Elle s'était mise à raconter n'importe quoi « ça ne signifie rien, c'est comme aller voir une exposition avec quelqu'un d'autre ». Sans scrupules, elle avait continué « j'allais exprès dans des lieux d'exposition pour prendre les brochures, pour t'en ramener une le soir, pour que tu ne te doutes de rien, une attention qui prouve que je voulais te protéger ». Dans un premier temps, elle avait aussi menti sur l'identité de cet homme, alors que nous savions toutes les deux de qui il s'agissait. Elle avait couché avec un auteur de best-sellers. Peu importe comment ils s'étaient rencontrés, ça, c'est une autre histoire. Il aurait suffi qu'elle s'excuse, qu'elle déclare avoir commis une erreur, mais E. n'était jamais responsable de rien. Tout ce que j'entendais dans sa voix, c'était du défi, elle aurait été en face de moi, elle aurait observé, un peu victorieuse, les effets d'une telle révélation sur moi. Les effets, les ravages. Ce qu'elle entendait dans ma voix, c'était la souffrance indomptable. E. disait souvent que je la poussais à bout. Étrangement, malgré mes attaques, elle ne m'avait toujours pas raccroché au nez, ça ne lui ressemblait pas. Cette conversation épuisante avait duré deux heures. Elle avait fini par ajouter : « Tu devrais essayer, c'est quand même très agréable, je te le prête si tu veux. » Elle m'écœurait. Elle aurait été en face de moi, j'aurais certainement eu autant envie de la gifler que d'amoindrir ma peine dans ses bras. J'aurais été en face d'elle, elle aurait osé me dire que j'étais encore plus belle lorsque je pleurais. Il lui était déjà arrivé de tenir ce genre de propos. J'aurais déclaré d'une voix à peine perceptible que personne ne m'avait jamais autant fait souffrir. Elle aurait rétorqué d'une voix parfaitement audible : « Sans doute parce que tu n'as jamais autant aimé quelqu'un. » Mon chagrin aurait redoublé et ma beauté à ses yeux en aurait été décuplée. Je la détestais autant qu'elle me manquait. J'avais raccroché, relevé la lunette des toilettes mais je n'ai même pas pu vomir. Quand j'ai atteint mon lit, dévastée, la hyène était déjà plongée dans l'obscurité, sûrement depuis longtemps. C'est au réveil qu'une image a surgi au point de devenir une obsession. Une obsession visuelle dont il a fallu des années pour que je parvienne à m'en défaire : E. et lui faisant l'amour. Comme un film en huit millimètres qui ne s'arrêtait jamais de tourner, il défilait toute la journée, sans interruption, comme si la touche autoreverse des Walkmans des années quatre-vingt restait enfoncée à jamais. Quand je fermais les yeux, pensant que ça m'aiderait, c'était pire.

J'avais été très claire, « c'est terminé », le silence entre nous s'était installé. Quinze jours plus tard, je m'étais rendue dans sa ville pour mon travail. Ma chambre d'hôtel était minuscule. Environ sept mètres carrés, peut-être huit. Quand on ouvrait la porte, on butait presque contre le lit, comme une invitation permanente à s'y allonger. Comme s'il n'y avait rien d'autre à faire dans cette chambre que de rester couché. Je l'avais appelée après l'avoir croisée, elle venait. Nous croiser par hasard avait toujours constitué un risque, une tentation à laquelle aucune des deux ne pouvait résister. J'avais entendu ses pas dans le couloir avant qu'elle ne frappe à la porte. J'avais des palpitations. Étais-je prête à ouvrir ? Absolument pas mais j'avais choisi de l'attirer derrière cette porte. Tout choix a des conséquences. Je m'apprêtais à assumer le mien d'avoir passé ce coup de fil, sûrement encouragée par les deux verres de vin absorbés lors de l'inauguration du festival littéraire qui m'avait conduite jusqu'ici. J'avais ouvert et je m'étais immédiatement jetée sur elle, j'avais attrapé sa bouche dans un instinct primaire. Je ne lui avais pas laissé le temps de respirer, elle était surprise, je l'avais senti dans son baiser, mais consentante. Mon désir était plus grand que la morale. La morale avait lutté quelques instants sur le lit, je m'étais entendu prononcer « je ne peux pas faire ça ». Et j'avais continué ce que j'avais entamé, ce que moi-même je n'avais pas prévu. Les habits volaient comme ils ne l'avaient encore jamais fait. C'est beau des habits qui volent, on ne s'attarde jamais sur le spectacle qu'ils veulent nous donner. J'avais plongé ma tête entre ses jambes, je la dévorais, je l'aspirais, je récupérais ce que j'avais perdu. Ce corps était à moi. Il était le prolongement du mien, son extension. Moi aussi j'étais surprise par ma voracité. Je l'avais vue perdre tous ses repères, s'abandonnant totalement, comprenant à peine ce qui lui arrivait. Elle n'avait pas anticipé une telle réaction de ma part. Nous discuterions après, pour l'instant nous nous mangions. Elle tenait mes poignets, que j'avais positionnés à hauteur des siens pour les saisir. De temps en temps, elle desserrait l'étreinte pour orienter ma tête, attrapant des mèches de mes cheveux. Elle avait murmuré « tu as toujours été extrêmement douée, mais qui t'a appris encore plus, quelque chose semble différent, c'est encore mieux ». Personne ne m'avait rien appris de plus, c'était ma façon de lui montrer que je l'aimais, que je l'aimais comme je n'aimerais jamais personne et comme jamais personne ne l'aimerait. Il y a les paroles et il y a les actes. J'agissais. Comme si ma vie en dépendait, je voulais que l'orgasme qu'elle allait assurément atteindre soit un des plus voluptueux de sa vie. Alors que nous ne sommes plus rien l'une pour l'autre, presque effacées, j'ai ce goût dans la bouche. Son goût. Il revient. Son goût dans ma bouche. Il suscite l'étonnement. Ça ne dure pas longtemps mais suffisamment pour que je retrouve toutes les fragrances qui le composent. C'est poivré. Nous avions très peu dormi, peut-être une heure ou deux, et le lendemain nous avions réitéré ce huis clos nocturne. En lévitation, je tentais de me convaincre que ces deux nuits n'auraient pas de conséquences et ne changeraient rien à la décision que j'avais prise.

Je passerai vite sur la suite, inutile d'entrer dans les détails, je dirai simplement que, pour la énième fois E. m'a quittée en septembre 2013 et que, pour la première fois, j'ai lutté pendant des mois pour renoncer à elle. Pendant cette période, un soir, n'y tenant plus, elle m'avait suppliée de venir « je ne te demanderai plus jamais rien, mais je t'en prie, viens ». J'étais allée chez elle avec de quoi manger, j'avais apporté de la soupe, Noël approchait. Elle ne s'alimentait presque plus, ne supportant pas mon absence. Elle disait qu'elle ne pourrait pas continuer à vivre sans moi. Je m'étais assise sur son canapé. Elle était en pyjama. Dans un élan qui ressemblait à de la détresse, elle avait enfoui sa tête dans mes genoux et elle avait murmuré « je te désire tellement ». J'avais succombé, je l'aimais toujours. J'avais cédé à mon désir. Elle avait tellement maigri que je sentais chacun de ses os, j'avais l'impression que le moindre mouvement pouvait la briser. C'est au réveil, désespérée, qu'elle avait prononcé cette phrase : « Mais pourquoi tu ne veux pas qu'on vive une belle histoire d'amour ? » Pour la première fois, elle énonçait une certitude, elle me voulait pour toujours, pour de vrai, elle avait parlé d'enfants, d'engagement, elle avait sorti le grand jeu. Il aurait sûrement fallu continuer à rester ferme, à s'éloigner le plus loin possible mais j'avais besoin d'une fin heureuse, que ma patience soit récompensée. De pouvoir me dire que j'avais eu raison d'attendre, que ça en valait la peine. Nous nous étions rencontrées tellement jeunes, parfois, nous nous disions que nous nous étions rencontrées trop tôt. Ce que je savais, parce que je l'avais expérimenté à maintes reprises, c'est que j'étais plus heureuse avec elle que sans elle. Et être heureuse, c'est tout ce que je me souhaitais. J'avais dit « tu es sûre, tu es vraiment sûre ? Tu ne repartiras pas ? J'en crèverai si tu t'en vas encore ». Elle était sûre, elle avait promis, j'avais alors décidé de lui faire confiance. Quand on aime, on fait confiance.

10

E. sort de ma salle de bains en sous-vêtements, je l'attrape et la plonge dans mon lit. Je l'embrasse. Nous rions. Nous prenons le temps de nous aimer. Du temps, nous en avons à chaque fois si peu. Demain je l'accompagnerai déjà au train, comme chaque week-end passé ensemble, environ deux par mois. Tant pis, elle prendra une nouvelle douche, pour l'instant nous nous aimons et c'est tout ce qui compte. C'est la dernière fois que nous faisons l'amour, avant la nuit de l'ultime rupture, et bien sûr, je ne le sais pas encore.

Nous arrivons au palais de Tokyo en début d'après-midi. Une carte blanche a été confiée à Tino Sehgal. Pendant que nous attendons pour entrer dans *The Progress*, un jeune homme s'agite en se faufilant comme il peut entre les visiteurs. Parfois, il s'arrête comme si on l'avait mis sur pause et pose cette question : « Qu'est-ce que l'énigme ? » Puis il repart et recommence plus loin. Il ne se dirige pas vers nous, je n'ai pas envie qu'il vienne, il me met plutôt mal à l'aise. Je ne peux m'empêcher de répondre mentalement à cette question : l'énigme, c'est la femme qui est à côté de moi, l'énigme, c'est l'amour que je lui porte, l'énigme, c'est savoir comment nous finirons, si nous arriverons par trouver enfin une solution pour vivre ensemble, dans la même ville, ne plus jamais nous dire au revoir les dimanches soir sur les quais de gare. Cette solution que je cherche depuis des mois, cette absence de solution qui entraîne les désaccords, les disputes, qui nous éloigne l'une de l'autre, qui met en péril notre avenir. Amoindrir la fréquence de ces conversations téléphoniques quotidiennes qui nous épuisent car il faut tout le temps avoir quelque chose à se dire pour faire durer l'appel le plus longtemps possible. Il nous arrive de dormir ensemble au téléphone, bercées par le souffle de l'autre, le portable posé sur l'oreiller. L'avoir à mes côtés tous les soirs et tous les matins, la regarder vivre, sans avoir forcément besoin de parler, partager un silence commun. E. me manque tout le temps, son absence est un poids si lourd à porter que je crois qu'il est visible sur mon corps, dans ma façon de me déplacer, de me tenir. Nous nous en voulons parfois de nous manquer autant mais nous ne nous le disons pas à chaque fois. Nous tenons l'autre pour responsable, c'est sûrement plus confortable. Sinon comment accepter qu'on ne puisse pas maîtriser sa douleur ? Comment se défait-on du manque ?

Une enfant de neuf ans vient vers nous, nous attrape chacune par la main. Un frisson me parcourt, y aura-t-il un autre être entre nous deux un jour, un être qui nous tiendra de chaque côté de ses tout petits doigts, un être qui fera de nous un triangle ? Nous entrons dans la salle, une salle blanche, sans rien au mur, il n'y a rien à voir, c'est le vide le plus absolu, il y a tout à faire. Elle nous invite à nous asseoir. Elle nous demande ce qu'est le progrès. Je suis incapable de répondre. Nous discutons toutes les trois autour de cette question pendant au moins cinq minutes. L'enfant questionne, elle attend des réponses. Puis arrive une adolescente qui prend sa place. Elle ressemble à Anaïs Demoustier, elle est douce et bienveillante, contraste avec l'impatience dont l'enfant faisait preuve. Elle nous demande qui nous sommes l'une pour l'autre. Nous racontons donc notre histoire d'amour, dans cette salle d'exposition, à une adolescente aux yeux clairs. C'est mieux qu'une thérapie conjugale, elle est la tierce personne qui nous a tant manqué pour que chacune expose son point de vue, que la parole circule librement sans conflit. Nous ne sommes pas l'une contre l'autre, nous sommes l'une avec l'autre et je me rends compte que nous sommes capables de raconter notre histoire à deux voix. C'est une sorte de bilan. E., sans le savoir, répond enfin à la question que je lui ai posée dans *2067*. Nous en sommes là. Je prends alors conscience de tout le chemin parcouru, que nous avons vieilli, que nous avons mûri et que notre amour semble assez solide. Nous expliquons notre couple et ses difficultés, nous ne supportons plus cette relation à distance. Il est question d'enfants. Oui, nous en voulons. Nous en parlons tous les jours depuis bientôt trois ans. Nous espérons une fille, elle a déjà un prénom et elle fait partie de nos projections, elle est déjà là, entre nous deux. Parfois dans la rue, E. me montre une petite fille en me disant « elle ressemble à la nôtre, tu ne trouves pas ? Je suis sûre qu'elle sera comme ça ». Nous ne savons pas encore comment nous allons la concevoir, ni qui la portera, c'est un sujet sensible, chacune voulant finalement la porter, il faudra trancher. Mais avant nous devons encore franchir plusieurs étapes. Nous nous relevons et finissons la discussion en marchant. L'adolescente comprend tout, elle ne nous juge pas, elle est empathique, elle est concernée, nous la quittons à regret.

Nous entrons dans une autre pièce, cette fois c'est une femme de quarante ans qui nous rejoint. Et nous tournons en rond en discutant. Il est question de la condition féminine, de la difficulté d'être une femme. C'est intéressant mais nous sommes encore bloquées sur l'instant de grâce que nous venons de vivre. L'expérience s'achève avec la rencontre d'une femme de soixante-dix ans et je crois que son rôle est de nous livrer un récit, une sorte de transmission, d'héritage. Elle nous parle d'un spectacle qu'elle a vu dans un très vieux et très petit théâtre parisien. Elle se lance dans un monologue confus qui n'en finit pas, nous n'avons rien à dire, nous devons juste écouter, c'est la consigne implicite. Je sens que E. n'écoute plus. J'essaie de me raccrocher au récit mais il ne m'en reste rien, je me souviens juste avoir pensé à *Amok* de Stefan Zweig, sûrement à cause des histoires enchâssées qu'elle tente maladroitement de nous conter. Maintenant nous devons descendre des escaliers, elle ne nous quitte pas des yeux, je l'écoute mais, comme j'ai peur qu'elle chute, je me positionne de manière à essayer de la protéger si jamais elle tombe. Elle ne regarde pas ses pieds, elle est plongée dans mes yeux et chaque marche m'effraie. En bas, elle doit nous laisser, elle ouvre la porte, nous devons quitter l'œuvre, l'expérience est finie. Elle n'a pas envie d'arrêter de parler, je la relance, je vois dans les yeux de E. que j'ai tort de l'encourager. Elle nous a raconté *Le Passeur d'histoires*. Je me souviens lui avoir dit « aujourd'hui, c'est vous notre passeur d'histoires ». Mais aucune de nous, je pense, ne se souvient de son histoire.

Ce 26 novembre 2016, nous terminons l'expérience par un passage dans le Photomaton situé au niveau moins un. Quatre flashs, quatre photos petit format en noir et blanc. Quatre flashs, quatre états, quatre visions de soi. Nous attendons que le tirage sorte, qu'il nous révèle ce que nous avons voulu faire apparaître. Nous devons ensuite attendre qu'il sèche, nous nous contorsionnons pour essayer d'apercevoir quelque chose. Enfin, nous l'attrapons, sur la dernière pose nous nous embrassons. C'est fou combien l'amour peut être photogénique.

*

Pendant mon enfance, avant qu'il ne quitte la maison pour toujours, le soir, mon père ne me racontait pas d'histoires. Il avait instauré un autre genre de rituel dans lequel il n'était pas question de narration mais de mémorisation. Il me tendait un livre illustré et me laissait quelques minutes pour observer tous les détails et que je me souvienne d'un maximum de choses. Ensuite il me demandait si j'étais prête. Je réfléchissais : « Oui papa, je suis prête. » L'interrogatoire pouvait alors commencer. Il a développé mon sens de l'observation alors que lui ne semblait pas en être doté. Pour m'expliquer que les faux témoignages pouvaient *réellement* s'avérer inexacts en dépit de toute la bonne volonté du témoin, ma mère me donnait toujours le même exemple : « On a demandé à ton père comment j'étais habillée pour me retrouver dans la foule, il a dit que je portais du bleu, alors que j'étais en rouge. » Il est difficile de se rappeler d'un maximum de choses, on focalise toujours sur certains détails plus que sur d'autres. Voit-on toujours *réellement* la même chose ?

11

Dans *Nothing Lost*, le livre posthume de John Gregory Dunne, les protagonistes aperçoivent au loin une tornade. L'homme dit à la femme de ne surtout pas s'inquiéter, les tornades ne s'abattent jamais deux fois au même endroit. Quand, plus tard, elle lui demande s'il croit à ce qu'il vient de lui dire, il confesse ses doutes et son ignorance mais justifie ses mots par le fait qu'il voulait lui éviter toute inquiétude. « Ces mots étaient ce qui s'approchait le plus d'une déclaration d'amour », écrit John Gregory Dunne. C'est cette déclaration d'amour qui m'avait manqué quand mon père était tombé malade. E. n'avait pas apaisé mon inquiétude, elle l'avait amplifiée. Elle m'avait rejointe le week-end qui avait suivi l'opération de mon père. Nous venions d'apprendre que les métastases annoncées au foie étaient finalement inexistantes, il avait fallu ouvrir pour infirmer ce que laissaient présager le scanner et la biopsie. Nous étions parties déjeuner toutes les deux en ville. Elle était étrange. Je lui avais demandé : « Dois-je m'inquiéter pour nous deux ? » Sa réponse m'avait fait pleurer : « Je ne sais plus où j'en suis. » Je lui avais dit que je cherchais activement des moyens pour que nous puissions vivre ensemble. Que j'essayais de prendre sur moi. Que j'essayais d'être plus forte que ma souffrance, d'être au-dessus du manque. S'était-elle rendu compte que le dernier week-end je n'avais pas pleuré quand je l'avais ramenée à la gare ? Quand je le lui avais fait remarquer, E. avait affirmé « ce n'est pas parce que, pour une fois, tu t'es comportée comme il faut, que ça annule toutes les autres fois ». À nouveau, je n'avais pas su quoi répondre. Cette phrase n'appelait pas de réponse. Elle m'avait désarmée. Un jour, j'ai dit à mon ami Maxime « je me suis rendue malade », il m'a coupée tout de suite « tu ne t'es pas rendue malade, tu étais amoureuse ». Peut-être que j'aurais dû moins l'aimer, peut-être que si je l'avais moins aimée, elle m'aimerait toujours. Mon amour l'a peut-être étouffée. C'était trop pour elle. Je l'aimais plus que moi-même. Mais ne pouvait-elle pas me ménager deux minutes, me laisser souffler un peu ? C'était tout ce que je demandais, souffler un peu, ne plus vivre sous la menace, ne plus avoir peur. Un peu de sérénité. Qu'elle me rassure, qu'elle me dise, même si c'était faux, que les tornades ne s'abattent jamais deux fois au même endroit. Mais ce n'est pas ce qu'elle avait dit, elle avait attendu le lendemain, que je sois rentrée à Paris, pour déclarer au téléphone « il faudrait que je te quitte mais je n'en ai pas la force ».

C'étaient ces mots que je venais d'entendre lorsque Virginie est entrée dans mon bureau. J'étais en train d'envoyer des mails. Travailler me donnait l'impression que je n'allais pas m'effondrer. Avec sa clairvoyance, elle a tout résumé : « Tu es épuisée, il faut que tu arrêtes cette relation. » Je pleurais mais je tenais toujours le clavier. Elle a eu ce geste réparateur. Elle a posé sa main sur mon dos, me disant « mais tu n'y arrives pas ». Lors d'un voyage à Copenhague en 2013, dans les jardins de Tivoli, ma mère et moi avions fait une rencontre improbable. Un homme nous avait abordées, en anglais. Il parlait vite, je ne comprenais pas tout. Il me tenait par le bras en s'adressant à moi, je ne pouvais pas me dégager de lui. J'entendais le bruit des plus vieilles montagnes russes en bois d'Europe, le Rutschebanen, et je l'écoutais. Il m'avait interrogée sur mes parents, avait demandé à ma mère s'ils m'avaient raconté leur rencontre. Je me rendais compte que finalement je ne savais rien. Il avait conclu en annonçant qu'un jour, quelqu'un poserait sa main sur mon dos et que je saurais ce que ça signifiait. J'ai toujours cru qu'il faisait référence à un nouvel amour qui ferait irruption dans ma vie. Aujourd'hui, j'ai décidé qu'il parlait de Virginie et de son geste réparateur.

Ma mère avait fini par me raconter la rencontre avec mon père un soir où je consultais Internet pour évaluer ses chances de survie. Les statistiques étaient formelles, il n'allait pas s'en sortir. Je découvrais l'existence des ganglions lymphatiques. La description du stade 4 de son cancer était sans appel, elle détaillait la situation critique dans laquelle il se trouvait. « La survie à cinq ans en cas de métastases est de l'ordre de 5 %. » J'étais abattue, je répétais en boucle « 5 %, ce n'est rien 5 %, admettons qu'il fasse partie de ces 5 %, il se passe quoi pendant ces cinq ans et après ces cinq ans ? ». Le chef de service avait évoqué une orange quand je m'étais risquée à demander de quelle taille était la tumeur de mon père. Une orange. Dans la cafétéria de l'hôpital, le sol s'était dérobé sous mes pieds, mais une orange c'était moins gros qu'un pamplemousse. Les médecins avaient établi un pronostic sombre, de la chimiothérapie de confort. Ma mère avait mentionné un bonnet bleu. Elle portait un bonnet bleu, tricoté par sa grand-mère maternelle, quand mon père était venu lui parler, dans cette cour de l'École normale d'instituteurs. Leur histoire avait commencé précisément à cet endroit. Ils s'étaient mariés un an plus tard, en 1977.

Elle m'avait raconté leur début, leur fin je la connaissais, j'en avais été le témoin à l'âge de neuf ans. Il est toujours difficile de déterminer après coup comment les choses ont basculé, mais une scène s'inscrit souvent en nous quelque part, garantissant de manière certaine qu'à partir de cet instant, il y aura toujours un avant et un après. J'étais en train de consulter un Atlas pour localiser les falaises d'Étretat. Nous partions en vacances le lendemain, j'espérais qu'on allait m'y emmener. Je voulais me pencher au bord, je voulais vérifier par moi-même si l'endroit était si vertigineux qu'on avait l'habitude de le décrire. Je n'avais pas peur du danger. Dans ma chambre, mon maillot de bain était posé dans ma valise. Je suivais du doigt les lignes de l'Atlas qui reliaient l'endroit où nous allions aux falaises, j'additionnais les kilomètres quand la cassette audio dans mon Walkman s'était arrêtée. Le temps de la sortir pour la retourner, j'avais entendu des voix à l'extérieur de la maison. Des éclats de voix dans lesquels j'avais reconnu le timbre de celles de mes parents. C'était inhabituel, ils ne se disputaient jamais. Ils étaient devant la maison, ma mère était calée contre le mur, elle pleurait. Mon père venait de lui annoncer qu'il ne viendrait pas en vacances avec nous. Elle bougeait à peine, je sentais que le moindre mouvement pouvait provoquer son effondrement. Mon père, qui n'avait jamais fait preuve de méchanceté, s'était alors moqué d'elle, sûrement pour faire taire la culpabilité qu'il ressentait à l'idée de la faire souffrir. « On va prendre une photo, elle sera belle. » Il bafouait son chagrin alors qu'elle me semblait inconsolable. Parce que c'était trop dur à encaisser, je me concentrais sur la lézarde que je venais de remarquer, à droite sur le mur qui soutenait ma mère. J'étais persuadée que cette fissure n'existait pas la veille, une catastrophe arrive si vite. Six mois plus tard, alors qu'il quittait le domicile conjugal, je plantais mes yeux dans ceux de ma mère en lui affirmant : « Il reviendra maman, je te le promets. » J'avais tort, il n'est pas revenu. L'été 1992, qui emportait avec lui mon insouciance à tout jamais, a commencé par cette image, celle où je regarde, impuissante, ma mère perdre l'amour de sa vie.

La nuit où E. m'a quittée, j'ai compris que c'était mon tour. Un sentiment nouveau m'a envahie. J'avais de la peine pour moi. Je ne sais pas vraiment comment l'expliquer, je me plaignais. Une sorte d'apitoiement. Je commençais à trouver cet acharnement injuste et j'osais assumer cette pensée. Je découvrais avec stupéfaction que les limites avaient été atteintes alors que ce concept semblait, jusqu'à présent, inexistant chez moi. Le manque de respect profond, l'absence totale d'empathie s'étaient révélés soudainement intolérables, ils avaient comme par miracle convoqué ce qui ressemblait au début d'une conscience d'amour-propre. Ce que je venais d'entendre était tout simplement inacceptable. Inacceptable au regard de tout ce que j'avais accepté, pardonné, cherché à comprendre, à justifier, à excuser. Inacceptable pour tous les faits dont j'avais fini par endosser l'entière responsabilité. Pour toutes les fois où j'avais demandé pardon sans réellement savoir de quoi j'étais coupable, juste parce que je sentais que c'est ce qu'elle attendait de moi. Pour cette lune que j'aurais pu lui décrocher, cette lune qui n'aurait pour autant, j'en suis persuadée aujourd'hui, étanché sa soif de satisfaction en aucune manière. Sa peau contre la mienne, dans mes bras, elle avait choisi cet instant si particulier qui succède à l'orgasme, ce temps flottant qui ne correspond ni tout à fait à la vie, ni tout à fait à la mort, dans cette autre chose qu'on ne sait pas qualifier, elle m'avait quittée. Elle avait, du moins, prononcé les mots qui conduisent à la rupture, le départ en lui-même, c'était comme tout le reste, j'allais devoir m'en charger. La valise à refermer, l'adieu à honorer, la porte à passer, ça me revenait.

E. s'est endormie sans scrupules, presque un sourire aux lèvres, entièrement nue. J'entendais sa respiration lente et paisible. Je me suis relevée sans allumer la lumière. Je suis sortie sur son balcon avec une feuille de papier que j'ai prise dans son placard pour écrire ce que je venais d'entendre parce que je craignais de ne pas m'en rappeler. J'avais peur que mon amour pour elle gomme l'incohérence totale dont ses propos venaient d'apporter la preuve. Si j'avais écrit pendant ces années et que j'avais pu relire ces notes, je serais peut-être partie plus tôt. J'avais besoin de fumer. Il faisait froid dehors, nous étions mi-février. Je regardais l'éclairage public. Je regardais la lumière d'une pièce de l'appartement d'en face, que se passait-il chez les autres ? Je me suis assise et j'ai pris appui sur la table, serré de toutes mes forces le stylo noir. Voici ce que j'ai noté cette nuit-là :
« Je suis désolée de vouloir mourir alors que ton père est malade, alors que moi ça ne me ferait rien d'avoir un cancer.

– Non, ça ne te ferait pas rien d'avoir un cancer.

– On ne vivra jamais ensemble. Tu vas rester à Paris, tu auras une belle carrière et moi, je ne sais pas trop ce que je ferai.

– Non, je ne vais pas rester à Paris.

– Nous deux c'est trop compliqué, je veux des enfants, j'ai trente et un ans. Mais je n'ai personne d'autre… Je n'ai presque plus de désir pour toi, je me pose des questions sur ma sexualité. On n'aura jamais de bébés, on n'aura jamais de maison mais tu seras toujours mon alter ego, on est au-dessus de tout. Tu ne vas pas me laisser.

– Évidemment que si je vais te laisser. »

Complètement désinhibée par l'alcool que nous avions bu, elle avait murmuré ces mots à mon oreille comme s'il s'agissait d'une déclaration alors que cela ressemblait plutôt à un monologue tant elle demeurait inattentive à mes réponses. Après sa dernière phrase, je me souviens l'avoir repoussée, m'être extraite de son étreinte.

Quand je suis retournée au lit, elle ne s'était toujours pas rhabillée. Elle a eu ce geste symptomatique de toute son ambivalence. Elle est venue se coller à moi, m'enlacer alors que je lui tournais le dos, je ne bougeais pas, mes muscles se contractaient. Avant cette soirée, pendant deux mois, je n'avais pas eu le droit de la toucher, j'avais l'impression de la brûler quand je m'y risquais, mais ça lui semblait normal d'agir de la sorte après m'avoir dit tout cela. Comme si ce n'était pas grave que j'entende ces mots, pas grave que ça me brise le cœur, ça n'avait aucune importance. En levant les yeux au ciel, des yeux qui avaient du mal à rester ouverts, bouffis par les larmes, dans un soupir d'écœurement, j'ai fini par m'endormir. C'est toujours étrange de penser que notre dernière nuit ressemble à ça : elle nue, moi habillée, aucune ne sentant, malgré notre proximité, la peau de l'autre sur la sienne. C'était notre dernière soirée, nous n'avons jamais mangé le dessert.

Au réveil, j'ai trouvé un lit vide. Dans son salon, elle m'a accueillie avec un sourire gêné. Elle a voulu qu'on parle, pour la première fois je n'avais rien à dire. Se taire était la meilleure option. Il allait falloir partir, partir alors que je l'aimais encore. « Il paraît que l'on montre son vrai visage quand les gens tombent malades. Je trouve ton comportement minable. » C'est tout ce que j'ai dit ce matin-là en regardant le café couler dans ma tasse devant la machine. Installée en face d'elle, je sentais qu'elle ne me prenait pas au sérieux. Déstabilisée par mon silence, ne sachant plus comment m'atteindre, elle a fini par me dire, dans un sourire de défi : « Tu n'auras pas le courage de passer la porte. » Quand, après m'être douchée, j'ai rassemblé mes affaires, son sourire a nettement diminué. Mais c'est quand j'ai mis mon manteau et que je me suis penchée vers elle pour lui faire la bise que son sourire a totalement disparu. Elle s'est mise à pleurer. Elle m'a suppliée « ne me laisse pas ». Cette phrase m'avait retenue pendant des années. Je l'ai regardée. J'étais arrivée au bout de mes possibilités, pour la première fois, je n'avais plus envie de me fracasser contre le mur. Il était plus solide que moi. J'ai saisi la poignée de la porte, je ne me suis pas retournée, j'ai franchi le seuil. Ce jour-là, j'ai fait un pas vers moi. J'ai traîné ma valise dans la ville, le bruit des roulettes résonnait sur le bitume. Mon chagrin et ma colère, l'un cherchant à anéantir l'autre, me permettaient de rester debout. Cette ville, la sienne, je la détestais, j'y avais vu mourir ma tante. Je n'ai appelé personne. Je n'avais pas le temps de réfléchir à ce qui venait d'arriver. Mon père m'attendait dans sa chambre d'hôpital. Mon bus allait arriver quand mon portable a commencé à sonner, les textos de E., contradictoires, affluaient. « Je regrette profondément, reviens ce soir, je serai celle que tu voudras. » Le deuxième texto « je ne peux pas t'apporter ce que tu attends de moi » était arrivé moins de deux minutes après. Je n'ai pas répondu. J'étais vidée. La menace lancinante de notre séparation se concrétisait. J'y étais. Je n'avais pas imaginé une fin pareille. La fin peut-elle être à la hauteur de l'amour vécu ? L'amour n'obéit pas à nos attentes. On voudrait une belle fin mais ça n'existe pas.

En arrivant devant les portes automatiques de l'hôpital, je me suis revue quelques jours plutôt, quelques mètres plus loin, face à l'entrée du service de réanimation. Ce service où j'avais dû dire adieu à ma tante. Ce service où j'avais retrouvé mon père sortant difficilement du coma artificiel dans lequel il avait été plongé pour lui éviter de souffrir. Ce service dans lequel, après l'avoir vu intubé et dans l'incapacité de communiquer, les mains attachées pour qu'il n'enlève aucune des sondes qui le maintenaient en vie, E. avait voulu me rejoindre pour m'embrasser avant que je reprenne mon train pour Paris. Ce service à l'extérieur duquel elle m'avait hurlé dessus au téléphone parce qu'elle n'arrivait pas à en trouver l'accès, malgré les panneaux de signalisation, et qu'elle répétait avec fureur que mes explications manquaient de clarté. Ce service devant lequel j'avais gardé mon calme, parce qu'en dépit des reproches de E., je me réjouissais d'une infime victoire : celle d'avoir compris ce que mon père souhaitait. Son frère pleurait, mon père s'efforçait de nous faire comprendre quelque chose. J'avais saisi : il désirait un aérosol pour lui humidifier la bouche. Alors elle pouvait crier, me dire combien j'étais incapable, je savais au fond de moi que ce que je vivais, seuls ceux qui l'ont approché peuvent s'en émouvoir. Ce jour-là, dans mon train, après avoir laissé mon père que j'avais l'impression d'abandonner, je n'ai espéré qu'une chose, qu'il puisse dans quelques années me conduire à l'autel, que son bras me dirige vers celui ou celle que j'aurais choisi pour me marier. Étrangement, ce n'était plus E. que je voyais m'attendant dans sa robe, c'était quelqu'un d'autre.

Je suis entrée dans la chambre de mon père, nous nous sommes souri. Il a ouvert la bouche pour émettre un commentaire au sujet de ma valise puis s'est ravisé, comprenant dans mes yeux que je n'avais pas envie d'en parler. Je l'ai aidé à s'installer dans un fauteuil roulant et je l'ai emmené dehors, il faisait beau, c'était sa première sortie. J'avais du mal à diriger les roulettes, je le heurtais parfois contre le mur, ça nous amusait. Dehors, je me suis assise sur un banc pour contempler le soleil qui s'infiltrait sur sa peau si pâle, sur son visage amaigri, il avait perdu vingt kilos. Il m'a regardée déballer une barre chocolatée, je ne pouvais pas la partager avec lui, il n'avait pas le droit de manger. Il semblait heureux de me voir mordre dans le chocolat, devinant combien mon estomac devait être noué. Le soir, une infirmière a installé un lit supplémentaire à côté de celui de mon père. E. a essayé de me joindre, j'ai coupé mon téléphone.

En rentrant chez moi le lendemain, j'ai fini par activer le message vocal qui m'attendait sur mon portable. Je le connais pratiquement par cœur tant je l'ai écouté, je l'ai même enregistré, il est toujours dans mon ancien téléphone. « C'est moi, je sais que tu es dans le train, ce n'est sans doute pas le meilleur moment pour discuter. Mais voilà, je voulais te dire combien je regrette ce qu'il s'est passé ce week-end, profondément. J'étais très mal, je voulais me détruire, je voulais nous détruire. Je ne sais plus où j'en suis, je ne sais plus ce que je veux, je ne sais même plus qui je suis. Voilà, en tous cas, si tu veux en parler, rappelle-moi, je tâcherai de ne pas t'embêter avec mes problèmes, je sais que tu en as d'autres à gérer. » La tristesse ne m'avait pas encore envahie, elle viendrait. J'ai tapé du poing sur le mur de mon entrée. Je trouvais son message pathétique. Au fond, elle était si prévisible. J'étais hors de moi, je crois que j'avais envie de rire, de rage sûrement, envie de rire pour ne pas pleurer. Je crois que j'étais soulagée. Ce soulagement n'a pas duré, deux jours après, le manque l'avait désintégré.

Quatre jours plus tard, le 22 février 2017, au palais de Tokyo, Abraham Poincheval s'isole dans une pierre taillée selon l'empreinte de son corps pour qu'il puisse y tenir assis. Il est prévu qu'il y reste une semaine. Malgré ma tendance claustrophobe, je l'envie. J'aimerais avoir un endroit où me cacher, un endroit où l'on ne viendrait pas me chercher. Ne plus être là pour personne.

12

Elle était de ces gens qui détruisent tout
et appellent ça de l'art.
Jakuta Alikavazovic, *L'Avancée de la nuit*

Avec E., nous avions un projet de maison, nous avions choisi le bleu de l'entrée, un carrelage noir et blanc au sol, un lit de 160 centimètres dans notre chambre nous paraissait parfait. Une maison fantôme qui flottait quelque part dans nos imaginaires. J'ai du mal à la décrire, écrire c'est revivre la perte. Nous devions nous pacser. E. me parlait sans cesse de la couleur des nappes, ça avait fini par me mettre hors de moi, elle ne mettait rien en œuvre pour que notre situation change mais elle avait un avis sur la couleur des nappes ou la forme de nos robes de mariée. Elle savait que je voulais ouvrir le bal sur *Strangers in the night* de Frank Sinatra. Nous avions acheté un homard gonflable en hommage à Jeff Koons, il devait constituer la pièce maîtresse de notre décoration. J'avais insisté pour cet achat, j'avais réglé la note, ce homard représentait une promesse, un pacte implicite. L'été 2017, quand elle a rapporté mes affaires chez ma mère, le homard était toujours dans sa boîte, jamais ouverte. Je crois qu'elle n'avait pas compris pourquoi je tenais autant à le récupérer. Quand elle m'avait demandé à quel moment elle pouvait passer, j'avais immédiatement pensé à lui. Il était une preuve que nous nous étions aimées, que je ne m'étais pas fait de film, que notre histoire était réelle. J'ai attendu un an et, de rage, je l'ai gonflé, j'ai convié mes neveux à venir sauter dessus, leurs rires et les éclaboussures m'ont consolée un instant. Je l'ai regardé flotter. Il n'aurait pas d'autre fonction. Chaque été, je le regonfle, chaque été, mon cœur se serre pendant qu'il se déploie.

E. et moi disions souvent à l'autre « tu es mon homard », l'accompagnant d'un geste : joindre chaque index à chaque pouce qui lui fait face, insérer ensuite l'index et le pouce droits dans le cercle généré par la réunion de l'index et du pouce gauches afin de créer un système représentant les pinces imbriquées des deux homards concernés. Elle m'avait aussi rendu quatre de mes livres : l'immense ouvrage de photos *Silencio* de Thomas Jorion, une monographie sur Magritte, *Bonjour tristesse* de Françoise Sagan, *Et tu n'es pas revenu* de Marceline Loridan-Ivens. Nous avions découvert son existence ensemble lors de notre visite de l'exposition « La disparition des lucioles » à Avignon, dans la prison désaffectée de Sainte-Anne en août 2014. En lui disant au revoir, je lui avais proposé de nous revoir, pendant l'été, comme nous étions chacune chez nos mères. Elle avait déclaré « j'ai besoin de complètement me détacher de toi pour te retrouver ». Je n'avais rien compris, faisait-elle référence à nos pinces ? Et puis elle m'avait enlacée, elle n'avait pas pu s'en empêcher, je l'avais laissée faire. Elle avait changé de couleur de cheveux. Mon nez s'était plongé dedans et leur parfum m'avait ramenée en arrière, en 2003. Dans une boîte de nuit. Juste après la révélation de mon amour. Juste avant la semaine caniculaire. C'était notre première étreinte, sous des boules à facettes, dans une quasi-obscurité, à la vue de tous. Le lendemain, Juliette m'avait demandé « c'était quoi cet enlacement ? ». C'était le début.

Je n'aurais jamais pensé que nous pourrions être aussi calmes un jour pareil. Nous qui pouvions nous mettre dans des états insensés, déclencher des emportements spectaculaires. Notre amour avec un côté pile, solaire, joyeux, complice et un côté face, nocif, violent et accusateur. E. était comme ça, un être à deux faces, une allumette prête à s'embraser. Peut-être l'étais-je aussi, il est tellement difficile d'avoir une image objective de soi-même. Il n'y a que dans *Sylvia*, le roman de Leonard Michaels, que j'ai pu trouver les mots capables de matérialiser l'agitation qui grondait dans la tête de E., une agitation dont je semblais être la source. Parfois, je l'insupportais. Tout d'un coup, je parlais trop fort, je laissais trop d'eau dans le porte-savon de la salle de bains, mon sac à main effleurait de trop près la boîte à gants de sa voiture. C'était dans ces moments qu'elle exigeait que je donne mon avis sur les choses, faisant précéder sa demande du mot « argumente ». *Sylvia* est le récit d'un amour passionnel entre une jeune femme et l'auteur, avant que cette dernière ne se suicide.

« Sylvia apparaît à la porte de mon bureau.
"Je ne supporte pas le bruit de ta machine à écrire.
– Je vais faire le moins de bruit possible.
– Ça ne changera rien. Tu existes." »

E. était instable. Son instabilité la rendait incontrôlable. « Je suis folle de toi », répétait-elle et j'étais aussi folle d'elle. L'amour nous entraîne parfois dans des lieux lointains désertés par toute rationalité. Personne n'est à l'abri. Et dans ces endroits périphériques, il se peut que nous adoptions des comportements inexplicables. Jusqu'à perdre notre dignité. Le moment que je m'apprête à décrire est celui de la honte. Une honte si profonde qu'elle me hante toujours. C'étaient les grandes vacances, le mois de juillet. Ces vacances que j'attendais toute l'année car je savais que pendant quelques semaines, E. et moi ne serions pas séparées. Nous réfléchirions de nouveau à notre situation à la rentrée, comme à chaque rentrée, mais pour le moment, nous profiterions de ce nouvel été qui se profilait. J'avais pris le dernier train à Paris, j'étais arrivée vers une heure du matin. J'étais pleine de joie mais la confusion et l'amertume s'étaient vite chargées de l'anéantir dans l'habitacle de la voiture. Nous étions ensemble depuis seulement cinq minutes et les choses dégénéraient déjà, c'était épuisant. Nous nous sommes disputées pour un itinéraire, celui que nous devions emprunter le lendemain pour nous rendre à un vernissage. Je voulais avoir raison, elle savait qu'elle avait raison, le ton est monté aussi vite qu'une fusée de feu d'artifice en plein ciel avec ce son, proche de la plainte, qui l'accompagne, juste avant l'explosion, et l'odeur âcre de la poudre qui se répand. Elle hurlait, je craignais ses excès. Je savais qu'il ne fallait jamais la contredire, la contradiction la mettant dans un état de rage proche de la folie. J'avais ouvert la boîte de Pandore. Le lendemain fut une journée mémorable. J'aurais dû continuer à me taire mais c'était un moment où je tentais de m'affirmer, aucun doute, je m'y prenais mal. Qui avait remis le sujet de l'itinéraire sur le tapis, il est probable que ce soit moi, la dispute de la veille avait repris de plus belle. Je n'arrivais plus à m'arrêter. E. conduisait, nous étions sur une nationale, un quart de seconde je l'ai vue anticiper son mouvement. Elle a appuyé sur la pédale de frein avec une détermination furieuse, a dirigé la voiture sur le bas-côté et a dit « descends, tu descends ». Je n'ai pas bougé, je lui ai simplement fait remarquer que je n'allais pas descendre au milieu de nulle part « ne sois pas ridicule, tu ne vas pas me laisser ici ». J'aurais aimé avoir le courage de ceux qui claquent les portières. Mon ton a été convaincant, la voiture est repartie. L'ambiance était électrique. Nous avons fait un arrêt pour visiter une première exposition mais j'étais estomaquée par ce qui venait d'arriver. Je n'avais pas envie de sourire, j'avais juste besoin de parler de ce coup de frein et de son injonction. La sanction a été immédiate, elle s'est mise à courir, je n'avais pas la force de tenter de la rattraper, je portais des escarpins. Quand je suis arrivée sur le parking, la voiture n'était plus là. Elle m'avait laissée, sans veste, sans possibilité de répliquer, dans un village de campagne éloigné de tout. Je l'avais sûrement mérité, je n'avais pas obéi au silence qu'elle m'ordonnait de garder. Alors, j'étais punie. Il faisait chaud. Dans mon sac à main, j'avais mon portable, qui n'avait pratiquement plus de batterie, cinq cigarettes, un briquet et mon portefeuille. J'ai fait quelques mètres et je me suis assise sur un muret. Le muret de la honte. Le muret sur lequel je suis restée trois heures, sans bouger. Quel est le mot pour ça ? La stupéfaction ? La faiblesse ? Le masochisme ? Je l'ai appelée immédiatement, étonnamment elle a décroché, je lui ai demandé de revenir me chercher, elle a dit qu'elle n'avait pas envie de voir « ma tronche » mais qu'elle reviendrait quand le vernissage serait terminé. Pas de quoi m'inquiéter finalement, j'avais juste à attendre trois heures au milieu de nulle part. J'ai commencé à réfléchir aux solutions potentielles, je pouvais appeler mon père pour qu'il vienne me chercher. Mais après, il faudrait retourner chez E., toutes mes affaires y étaient, l'affronter de nouveau, je savais que je capitulerais. Et j'avais honte d'appeler encore au secours, j'avais honte qu'on vienne me chercher sur mon muret, j'avais honte d'aimer quelqu'un qui pouvait avoir ce genre de comportement et j'avais honte de mon incapacité à agir, de mon incapacité à me défendre et à ne pas tolérer qu'elle me traite de la sorte. Alors je suis restée sur mon muret, un peu dans le même état que ces mimes maquillés dans les capitales européennes, qui restent statiques et dont on ignore comment ils tiennent. Des gens buvaient des verres de limonade dans une maison toute proche, j'entendais le bruit des bulles sur les glaçons. J'étais confrontée à ma fragilité, alors j'ai attendu. Je me détestais. Je savais déjà que s'il m'arrivait un jour de raconter l'histoire, personne ne comprendrait comment, avec le caractère qui était le mien, j'avais pu me retrouver dans une telle situation. Dans la passion amoureuse, le caractère n'est malheureusement souvent d'aucun secours. Mon corps était anesthésié. Ma mère m'a envoyé un texto, elle rentrait de vacances, j'ai répondu que j'étais au vernissage avec E. et que tout allait bien. Au bout de trois heures, vers vingt heures trente, E. est arrivée, je n'ai rien dit, j'ai ouvert la portière arrière pour récupérer ma veste, je l'ai immédiatement enfilée sur mon débardeur, et je me suis installée sur mon siège.

Elle s'attendait à ce que je lui explique que c'était terminé, que je la quittais, j'ai juste annoncé : « Tu sais ce qu'on devrait faire ? On devrait aller boire une bière. » Au bout du deuxième verre, la tension était un peu retombée et elle avait fini par déclarer « tu vois bien que je ne vais pas bien et que je fais n'importe quoi ».

E. justifiait parfois certains de ses comportements par les problèmes relationnels dans sa famille. Je n'en pouvais plus de ses histoires de famille qui mobilisaient toutes nos conversations et toute son attention. Un soir, ça avait dégénéré parce que je n'avais plus voulu donner mon avis sur eux, parce que j'étais épuisée de devoir en permanence lui confirmer leur dysfonctionnement, le confirmer et le condamner. Ils volaient notre temps. Elle aurait aimé que je la défende plus que je ne le faisais déjà. Elle ne l'avait pas supporté, elle s'était levée, avait enfilé son manteau et j'avais compris qu'elle rentrait chez elle, à cent kilomètres. Je l'avais retenue, j'avais tenté de la raisonner, forcément je m'étais excusée, forcément je l'avais suppliée. C'était déjà trop tard. Elle tenait ses clefs de voiture dans la main, nous étions devant la porte d'entrée de ma mère. C'est vrai, j'avais essayé de lui prendre le trousseau pour la retenir, au moins le temps qu'elle se calme. Après avoir enfoncé le métal de la clef entre mon pouce et mon index gauche, elle avait fait faire un tour sur elle-même à la clef, la chair à vif, le sang avait giclé, je n'avais pas bronché. Elle était sortie de la maison, j'avais paniqué. Je ne savais plus comment la retenir, elle n'écoutait rien. Devant sa voiture, j'avais attrapé ses jambes pour qu'elle tombe, pour l'arrêter. Elle s'était relevée et m'avait attrapé les cheveux pour me tirer vers l'arrière, elle me traînait sur le sol et elle hurlait, je ne l'oublierai jamais : « Sorcière, sorcière. » La sorcière que j'étais n'a plus rien fait, à terre j'ai regardé s'éloigner les phares arrière de sa voiture, elle était irrattrapable. La sorcière décoiffée ressemblait à un pantin désarticulé, elle est rentrée dans la maison, ne s'est remise à bouger que deux heures plus tard, quand sa mère est revenue de sa soirée. La sorcière était sidérée.

Des sorties de ce genre, j'en ai tant affronté, je n'aurais pas le temps de toutes les écrire et personne n'aurait le temps de les lire. E. m'a quittée souvent, elle m'a quittée tout le temps. Un après-midi d'août 2010, nous sommes au Cap Ferret, la tension est à son maximum. La menace plane, je sais qu'elle va de nouveau me quitter, je ne compte plus les séparations mais chacune m'affecte un peu plus. Je suis devant le phare, je pleure derrière mes lunettes de soleil. Le voit-elle ? Elle n'est pas du genre à s'émouvoir devant des pleurs. Au contraire, je crois que ça l'énergise. Je sais que la tempête qui se déchaîne dans sa tête va me mettre à terre, malgré les années je ne sais toujours pas comment m'y préparer. Sur la route du retour, je compte les minutes sans soupçonner la violence qui va s'abattre sur moi. Une fois rentrées chez elle, ça commence. Elle épluche des courgettes avec une dextérité qui me dépasse. Il faut que je parte, elle veut que je parte. Je sens le dégoût poindre dans sa voix, dans ses gestes. Je suis immobile. Pétrifiée. Mon corps est en pause car ma présence lui est inacceptable et je ne bouge toujours pas parce que je mobilise mes forces pour la ramener à la raison. J'essaie de donner un sens à ce qui est en train de se passer. Une fois de plus, je ne comprends rien. Elle s'enferme dans la salle de bains comme si elle était en danger. Je parlemente devant la porte quand n'importe qui de sensé partirait en courant. J'argumente, je supplie. Cette fois, je ne vais pas chercher des ciseaux pour ouvrir le verrou. Je m'en remets à mes mots. Comme chaque fois, je ne sais pas comment je vais m'en sortir toute seule. La porte s'ouvre, elle est à bout, elle relève sa robe pour montrer sa culotte et hurle « qu'est-ce que tu veux ? Vas-y viole moi ». Quel monstre suis-je pour provoquer un tel comportement ? Stupéfaite, j'essaie encore de la raisonner mais elle ne s'arrête pas là. Elle appelle la police. J'entends la tonalité, une femme décroche. Je réussis à lui arracher le téléphone et à couper la conversation. J'abdique, je pars. J'ai honte. À l'extérieur l'air me semble irrespirable. Je suis dehors avec mes sacs sans plus savoir où est garée ma voiture alors qu'elle est devant mon nez. J'ai peur pour elle, elle qui, visiblement, a peur de moi. Ce que je ressens pour moi n'a aucune importance, ça n'existe même pas. J'ai quand même le sentiment de l'abandonner. Est-ce qu'elle mesure mon attachement au degré de ma souffrance ? Je dois rejoindre la Charente-Maritime où ma nièce et ma mère m'attendent, c'est prévu. Quand je prends la route, je suis ailleurs, encore dans cet appartement, et je me trompe d'itinéraire. Je me retrouve à la pointe de Grave à vingt-trois heures, du mauvais côté de l'estuaire. Le prochain bac n'assure le trajet que le lendemain matin. Je la rappelle, demande si je peux revenir dormir, elle répond « tu viens mais je ne veux même pas croiser ton regard ». C'est absurde. Je me souviens lui dire : « Ah, ça va être compliqué. » Ça ne l'a fait pas rire. Mais ce qui est encore plus absurde, c'est mon retour à Bordeaux, dans un lit où je dois baisser les yeux pour ne pas être vue. Le lendemain matin, avant mon départ, elle ajoute : « Je ne changerai jamais d'avis, demain, dans une semaine, dans un mois, dans cinq ans, je te dirai la même chose : c'est terminé. » Au bout de huit jours, elle me rappelle pour me dire combien je lui manque.

Une crise. Comme ce jour où, quatre ans plus tard, je conduisais et où elle pestait à côté « si rien ne change, ça ne pourra pas continuer ». Elle trouvait que j'étais trop proche de ma famille, je passais trop de temps avec eux. C'est un fait, j'ai toujours été très proche de ma famille. « Arrête de me menacer. » Elle m'avait tiré les cheveux si fort que j'avais dû arrêter la voiture, elle s'était mise à balancer mes affaires sur la chaussée, ma valise, mon sac à main, que je ramassais comme je pouvais et elle criait aux gens qui passaient « à l'aide, à l'aide ». Personne n'était intervenu, elle n'avait pas l'air en danger, ils me voyaient juste parlementer tout en ramassant le contenu de mon sac qui s'était ouvert dans sa chute. Je crois que, dans leur regard, au-delà de la consternation, j'ai décelé une once de pitié. Elle réclamait ses parents, tout comme elle me réclamait quand elle était en conflit avec eux.

La mère de E. lui disait souvent « ne fais pas d'histoires » même quand E. n'en faisait pas. Elle ne nous avait pas beaucoup aidées. E. avait dû écouter sa mère lui faire part de sa volonté de donner leurs habits de bébé, à elle et sa sœur, car il était évident qu'en étant avec moi, E. n'aurait pas d'enfants. Quant à son père, il était dans un tel déni qu'on aurait pu en rire mais bizarrement on n'en a jamais ri. On en a plutôt pleuré. Ce n'était pas dirigé contre moi, je n'avais pas non plus été rejetée. E. avait mis des années à leur parler de notre relation. Ce n'était pas ma personne qui était remise en cause, je crois même qu'ils m'aimaient beaucoup, c'était plutôt la place que j'occupais dans la vie de leur fille. Il faut dire qu'il y avait eu tant de ruptures, de réconciliations, que plus personne ne s'y retrouvait je pense, à commencer par mes parents. Plus personne n'arrivait à suivre les « je t'aime » suivis des « je te quitte ». Ses parents composaient à peu près. Les apparences, ils connaissaient. Pendant toute son enfance, E. leur avait demandé leur séparation officielle. À huit ans, c'est le vœu le plus récurrent qu'elle formulait : le divorce de ses parents. Elle n'avait jamais obtenu gain de cause. Après notre grande rupture de 2013, après que leur fille leur avait dit haut et fort qu'elle était intensément amoureuse, je n'ai plus eu le droit de venir dormir chez eux. Je pouvais y aller déjeuner ou dîner mais pas dormir. Soi-disant que sa mère l'avait trop vue pleurer, trop vue souffrir pendant six mois à attendre que je prenne une décision. J'ai attendu plus de dix ans qu'elle se décide. Son père lui avait dit : « C'est bien si vous redevenez amies. » E. assistait aux repas de ma famille, aux anniversaires, aux week-ends au bord de la mer, elle était ma compagne, elle faisait partie de la famille. C'était plus compliqué pour la sienne. M'interdire l'accès à cette chambre, c'était poser des limites, c'était faire comme si ça n'existait pas, comme ces gens qui disent « chacun fait ce qu'il veut » mais ne veulent pas de ça sous leur toit. C'était interdire à la nuit de révéler notre amour. Être tombée amoureuse d'une fille, ça impliquait d'accepter plus de choses. Mais avant que E. se décide à m'aimer officiellement, nos corps avaient déjà conquis ce territoire. Les murs s'en souviennent. Nous avons joui du rez-de-chaussée au premier étage, dans presque chaque recoin de cet endroit où je n'avais plus le droit de passer la nuit. Comme si l'amour ne se faisait que la nuit. C'était mal nous connaître, il n'y avait pas d'heure pour notre désir. Nous nous sommes aimées partout, même dans les lieux publics. On est inventifs quand on a vingt ans et qu'on est dépassé par les événements. E. m'avait demandé quel était mon plus grand fantasme. « Faire l'amour dans un cinéma. »

Les salles obscures sont le lieu où je me suis sentie le plus à ma place pendant mon adolescence, j'y ai passé un temps considérable. Elle n'a pas cherché à comprendre, elle voulait juste m'offrir ce moment. Nous nous étions installées au dernier rang pour avoir une vue d'ensemble et que notre acte reste secret. Le cinéma n'avait que trois salles, nous étions dans la plus petite, cinq ou six spectateurs au total. Devant *La Mauvaise Éducation* de Pedro Almodóvar, sur une moquette douteuse, dans une odeur de renfermé, j'entendais les mots en espagnol que je comprenais à peine. Je ne voyais pas l'image, j'étais allongée, je ne voyais que son visage et sentais son corps sur le mien. Je devinais le bruit de la bobine qui tournait. Dans la pénombre, je la trouvais encore plus belle. Elle savait qu'elle serait la seule à m'aimer dans un endroit pareil, parce que ce genre d'événement ne se produit qu'une fois, on ne le renouvelle pas. Je n'ai jamais pu revoir ce film. Il y a des souvenirs qu'il faut laisser intacts. Comme l'écrit Annie Ernaux dans le paragraphe qui clôt *Passion simple* : « Quand j'étais enfant, le luxe, c'était pour moi les manteaux de fourrure, les robes longues et les villas au bord de la mer. Plus tard, j'ai cru que c'était de mener une vie intellectuelle. Il me semble maintenant que c'est aussi de pouvoir vivre une passion pour un homme ou une femme. »

*

Quand j'étais enfant, j'avais un jeu en plastique. Un rectangle sur lequel un dessin était découpé en petits carrés. Le dessin représentait deux ours sur une balançoire. Il fallait pousser les carrés pour reconstituer l'image, réfléchir à quel carré bouger pour en décoincer un autre. Une sorte de Rubik's Cube à plat. Ce jeu m'avait appris la persévérance, la patience, et avait surtout développé chez moi le sens de l'anticipation. J'avais pris l'habitude de peser le pour et le contre avant d'agir. On pouvait dire de moi que j'étais indécise, je le suis, mais j'ai surtout passé mon temps à méditer sur la case qu'il fallait déplacer en premier pour que les autres s'imbriquent, pour que l'enchaînement rende possible l'apparition des deux ours sur la balançoire. Chacun de mes choix devait conduire au résultat de cette image parfaite, tous les carrés à leur place. Au-dessus des ours il y avait des étoiles, des étoiles jaunes. Si les étoiles se trouvaient en dessous des ours, c'est que j'avais fait le mauvais choix.

13

Je suis fatiguée, j'ai marché toute la nuit pour semer ton souvenir, abrutie malgré moi par l'approche du matin, je cesse de me rappeler que j'essaie de t'oublier.

Marguerite Yourcenar, *Feux*

E. avait le vertige. Je craignais toutes les attractions qui pouvaient engendrer des sensations vertigineuses. C'est une photo prise à quarante mètres du sol, en plein ciel, en plein jour, entre la promenade du peintre Rosales et le parc de Casa del Campo. Une photo que j'avais oubliée, prise dans le téléphérique de Madrid en mai 2016. E. a ses lunettes de soleil sur la tête, j'ai les miennes sur le nez. C'est une photo troublante. Non pas parce que nous nous embrassons sans regarder l'objectif mais plutôt parce que nous avons toutes les deux les yeux fermés. J'avais pris l'habitude d'ouvrir les miens pendant nos baisers, sûrement pour m'assurer qu'ils étaient réels. J'aimais la regarder m'embrasser. Quand nous faisions l'amour, elle aimait laisser une lumière tamisée ou allumer une bougie, elle disait « je veux te voir ». C'est une photo troublante car plus je l'examine, plus je me rends compte que si on traçait une ligne au centre et qu'on repliait chaque moitié l'une sur l'autre, tout se répondrait. Un effet miroir. Les chaînes que nous portons tombent précisément au même endroit sur chacune de nous. Le seul grain de beauté que j'ai dans la partie gauche de mon cou se confondrait avec celui de E. situé dans la partie inverse. Par amour pour moi elle avait accepté d'y monter. J'avais dit : « Tu ne risques rien, je te tiendrai, nous ne pourrons pas tomber. » La cabine s'était élancée. Nous avions peur mais la joie était plus forte. J'avais pensé « ce n'est pas grave si on s'écrase, l'important c'est qu'on s'écrase ensemble ».

L'autre s'en va et la vie devient différente. Chaque matin rappelle l'absence. Chaque matin ravive son poids écrasant. À chaque réveil, ma première pensée lui était destinée : est-elle toujours dans ma vie ? Non, elle n'était plus dans ma vie. Nous nous étions trop aimées, nous nous étions mal aimées, pourtant nous nous étions toujours attendues, incapables de nous oublier même quand nous nous l'ordonnions, même quand l'autre était catégorique. Nous avions lutté en vain. E. m'avait souvent raconté ses nuits passées avec son portable dans la main, espérant qu'il sonnerait, priant pour que mon nom apparaisse sur l'écran. J'avais décrit les miennes. La torpeur dans laquelle me plongeaient les ruptures que je pensais toujours définitives malgré les changements d'avis, malgré les réconciliations. Mais cette fois c'était vraiment fini. Chaque matin de ce début de printemps 2017, j'étais l'héroïne du roman épistolaire *De A à X* de John Berger, j'étais Aïda. « Chaque nuit, je t'assemble à nouveau, un os après l'autre, tous délicats », écrit-elle à son amoureux. C'est ce que je faisais tous les soirs pour m'aider à traverser la nuit. À mon réveil, E. était de nouveau assemblée, j'essayais de la garder entière le plus longtemps possible, je savais que dès que je me mettrais en mouvement, dès que je poserais un pied par terre, la journée allait la disloquer à nouveau, jusqu'au soir où, avec application, je la remonterais de A à Z. Il m'a fallu du temps pour la retirer de la liste de mes amis Facebook. Je ne la gardais pas pour voir ce qu'elle postait, elle ne postait rien. C'était pour la petite lumière verte. Cette lumière, en bas à droite de la photo de profil, qui s'allume lorsqu'on est connectés. La voir allumée la rendait à nouveau vivante, la voir allumée me reliait à elle, moi qui n'avais plus le droit de l'appeler, ni de la voir. Et quand c'était trop difficile, je me disais « je l'appellerai demain », le lendemain je me répétais la même chose, et ainsi de suite. Au bout de deux ans, j'ai enfin éteint la lumière en la supprimant de mes contacts.

L'autre s'en va et on le voit partout. Je me demande encore à quel moment j'oublierai les traits de son visage, à quel moment elle deviendra floue dans ma mémoire. Je repense à cette fois où je l'avais vue de profil, en rentrant du mariage de mon cousin. J'avais regardé dans mon rétroviseur central, au loin j'avais aperçu une voiture noire. Au fur et à mesure que ce point noir devenait plus net, mon cœur faisait un bond, je n'écoutais plus du tout ma mère assise à mes côtés, j'avais même un peu décéléré. Là, sur l'autoroute, c'était elle. Non, c'était improbable, c'était impossible. Je me raisonnais : « C'est normal, tu la vois partout, c'est ton imagination. » Mais plus la voiture noire se rapprochait et plus j'en étais certaine. J'avais ralenti de manière progressive pour la contraindre à me doubler, pour en avoir le cœur net. Elle avait activé son clignotant gauche et j'avais alors vu son profil quand la voiture était à ma hauteur, là, sur la file de gauche. J'avais reconnu cette grâce qui était la sienne quand elle tenait un volant, quand elle regardait droit devant elle. Ses yeux ne cillaient pas, sa tête ne s'était pas tournée vers moi. Cette manœuvre avait fait naître chez moi un sentiment étrange, cette illusion de mouvement que l'on éprouve dans les trains lorsque nous sommes assis dans celui qui est toujours à l'arrêt tandis qu'un autre défile à ses côtés. À ce moment précis, on ne sait plus qui bouge, un vertige, un frisson. Une sorte de chassé-croisé s'en était suivi, nous avions dû nous doubler chacune deux fois sans jamais manifester notre présence à l'autre, comme des enfants qui font la course. J'étais finalement restée derrière elle et j'avais déclenché mon clignotant droit, celui qui indiquait que je sortais, mettant un terme au jeu. Mais ça avait été plus fort que moi, avant de m'insérer sur la bretelle de sortie, je lui avais fait des appels de phare, deux fois, trois fois, juste pour lui confirmer que oui, c'était bien moi. C'était bien nous, en pleine séparation, qui nous retrouvions par hasard sur une autoroute à nous dépasser, à nous rapprocher, à nous éloigner.

Cela m'arrive encore de sentir son parfum dans la rue. J'ai alors le sentiment qu'elle est de nouveau là, qu'elle va surgir, mais c'est toujours une présence invisible qui s'évapore dans des effluves fruités. Je repense au mariage de sa sœur. Quand j'étais arrivée, je ne savais pas où elle était. Je m'étais installée devant le parvis de l'église, je l'attendais. Puis j'avais entendu des pas sur le ciment, j'avais immédiatement su que c'étaient les siens. Plus le bruit des pas s'intensifiait, plus je fixais l'entrebâillement de la porte de l'église, je savais qu'elle allait surgir. Elle était apparue à contre-jour, dans une jupe courte dorée, un haut crème et des escarpins. Il y a des images qui comptent plus que d'autres. Elle était là, elle m'avait vue, elle se dirigeait vers moi, avec un grand sourire, comme s'il n'y avait rien de plus important que de me rejoindre. Dans la lumière de l'été 2007, je regardais avancer, au ralenti, la femme de ma vie, éblouie.

Un mois après notre rupture, Virginie est tombée gravement malade, soudainement. Elle a quitté le bureau du jour au lendemain. J'ai dû la remplacer. J'ai lu quelque part que le chagrin épuise. Il peut engendrer deux réactions opposées : la fuite ou l'incapacité de bouger. J'avais finalement expérimenté les deux. Je m'étais enfuie pour mieux retenir E. J'étais partie pour suivre une formation, m'installer un an dans cet endroit que nous avions choisi, cette ville que nous avions si souvent évoquée pour nous retrouver puisqu'elle ne voulait plus vivre dans la mienne et que je savais que je ne trouverais pas de travail dans la sienne. Elle venait d'être titularisée, il n'y avait aucune raison qu'elle déménage, mais naïvement, j'avais imaginé que ça la ferait changer d'avis. Parfois on ne sait plus très bien comment avancer, un peu comme au Scrabble quand on prend la décision de changer toutes ses lettres parce qu'avec un tel tirage, c'est évident qu'on ne va pas s'en sortir. La semaine de notre rupture, ma psy m'avait demandé « comment allez-vous réagir quand elle va revenir ? ». Elle n'était pas revenue. Je suis sûre que, dans l'anticipation de notre séparation, nous avions dû prévoir une date pour nous retrouver, nous avions dû nous promettre ça un jour. Un lieu et une date pour que, quoi qu'il arrive, nous ayons un dernier rendez-vous à honorer.

Anish Kapoor décrit son *Léviathan* comme un zeppelin sans structure. Il dit que c'est la plus grande œuvre gonflable qui ait jamais existé : 72 000 mètres cubes, 10 701 kilos de membrane textile à gonfler qui ne peuvent supporter aucune déchirure, aucun accroc. C'est une œuvre résolument rouge, même si la lumière du soleil est censée générer d'infimes variations, elle reste rouge malgré tout. Entrer en elle, c'est perdre ses repères, s'insérer dans un gouffre, on ne sait pas vers quoi on avance mais on s'y aventure sans appréhension car elle est suffisamment monumentale, suffisamment aérée pour ne pas provoquer d'angoisse. L'atmosphère y est humide, légèrement visqueuse. Pourtant, l'endroit est apaisant, comme une bulle, une matrice. Face à nous, trois trous béants nous obligent à lever les yeux, comme nous le ferions dans une église. Les bâches translucides dévoilent l'architecture de la verrière de la nef du Grand Palais, le quadrillage de ses lignes. Les yeux s'habituent à cette lumière rouge, une lumière crépusculaire, une lumière incandescente qui pourrait annoncer la fin du monde. Le rouge c'est le sang, c'est aussi la couleur de l'intérieur du corps, c'est surtout la couleur associée à l'amour. C'est une journée ensoleillée, nous avons de la chance car la météo modifie l'œuvre, la faisant passer de la brume à la clarté, du flou à la précision. J'ai choisi un événement qui nous permettra d'assister au coucher du soleil, nous allons même voir la nuit apparaître. C'est le dernier jour où l'œuvre est visible après quarante jours d'exposition, E. et moi faisons partie des 11 229 personnes que le *Léviathan* voit défiler en ce 23 juin 2011. Là, juste avant que les instruments soient précisément accordés pour jouer, juste avant que le silence pour accueillir le concert de clôture nous soit imposé, c'est ici que nous avions dû choisir le lieu et la date de nos retrouvailles et nous le souffler à l'oreille. Au cas où. Cela nous ressemble mais je ne m'en souviens pas. C'est une image fragmentée, partiellement nette, je ne parviens pas à la retenir, comme lorsqu'on s'endort, que tout se brouille, qu'on est emporté dans le sommeil avant de pouvoir y sombrer.

14

Les morts que nous portons en nous, d'une certaine manière nous les transmettons, le récit que nous faisons d'eux perpétue leur mémoire, la ravive, la maintient et prolonge leur existence. Voilà, ce que nous, les vivants, nous leur offrons : un prolongement. Il est fréquent que l'on récupère les morts des autres, les morts de ceux à qui nous tenons. Nous les comparons, nous les détaillons, nous les partageons, nos morts. Et nous disons à l'autre « je suis sûre que tu lui aurais plu ».

Nous étions sur son canapé, chacune à un bout. Il était très grand, marron, assez carré, assez rigide. Au musée de la Chasse, Virginie avait vu, dans la salle du Cerf et du Loup, deux immenses canapés. Elle s'était renseignée pour savoir où elle pouvait se procurer ce modèle qu'elle avait fait venir d'Italie. Elle aimait dire « mon canapé c'est toute une histoire ». J'étais désormais assise sur ce canapé sans savoir comment conjurer le sort. Sa disparition était imminente. L'été 2019 avait commencé avec son texto qui répondait au mien. « Je suis à Curie, tu peux m'appeler. V. » Très rapidement, elle avait annoncé « ils arrêtent le traitement, c'est fini. Je n'arrive pas à y croire ».

Jacqueline était une amie de mes grands-parents maternels. Elle était mariée au docteur Guy T., la référence absolue dans ma famille. Quand on était perdu ou que l'on avait besoin d'un éclairage, on l'appelait et on suivait ses conseils à la lettre, ma famille avait une estime incommensurable pour ce couple. Jacqueline était charismatique, elle ressemblait à Annie Girardot, sa voix était grave, les cigarettes qu'elle fumait avec élégance en étaient sûrement la cause. Elle m'impressionnait. Quand ma grand-mère s'est rendue dans la pièce qui abritait la dépouille du docteur, Jacqueline l'a regardée se jeter sur le sol et s'agenouiller devant lui. Elle a cru que ma grand-mère faisait un malaise mais ma grand-mère assure qu'une force l'avait projetée au sol. La dernière fois que je l'ai vue, c'était pour le cinquantième anniversaire de mariage de mes grands-parents. Quand je suis entrée dans la salle à manger, elle s'est absentée, elle est revenue avec une veste. Ma grand-mère lui a demandé si elle avait froid. Elle a répondu que c'était moi qui l'émouvais, que je devais être sa fille spirituelle. Elle m'a ensuite emmenée dans la chambre de mes grands-parents pour me montrer quelque chose, ou plutôt m'enseigner quelque chose. Elle m'a dit « je sais que tu peux le voir ». Elle s'est collée contre la porte blanche de la chambre. « Regarde, prends le temps. » Au bout de quelques minutes, au-dessus de sa tête, j'ai vu une lumière, comme un halo timide. La lumière a changé de couleur, elle était désormais violette et plus vive. Elle voulait m'apprendre à déceler l'aura chez les gens. C'était son dernier enseignement, elle est décédée trois ans plus tard d'un cancer du pancréas, treize jours avant ma tante. Je lui ai parlé au téléphone la veille de sa mort. Elle avait déclaré : « Tu auras une belle vie mais protège-toi, des gens chercheront à abuser de ta sensibilité, alors protège-toi. » De ce conseil, je n'ai rien fait. Elle avait ajouté dans un soupir « n'oublie jamais, on naît seul et on meurt seul ».

Je n'ai jamais remarqué de lumière au-dessus de la tête de Virginie, je ne l'ai jamais cherchée, pourtant j'avais immédiatement trouvé qu'elle avait une très forte aura. Très vite, j'ai su qu'elle allait beaucoup compter dans ma vie. Elle avait pratiquement l'âge qu'aurait eu ma tante, j'avais forcément projeté des choses sur elle. J'étais montée à Paris pour la voir malgré ses réticences. « Ne sois pas ridicule, tu ne vas pas venir exprès, je ne vais pas disparaître tout de suite. » J'avais prétexté des expositions à voir, elle savait que je lui avais menti mais tout ce qui comptait désormais, c'était notre présence commune sur son canapé. Elle m'avait préparé un repas alors qu'elle n'avait plus le droit de manger, elle était sous perfusion. Elle avait insisté, « ça me cadre ». Je lui avais acheté des pivoines blanches et roses et un carnet à la couverture vert d'eau. Elle était très élégante, comme à son habitude, elle portait son jonc en or et sa chaîne avec un pendentif en forme d'éclair. C'était sa fille qui le lui avait offert. Virginie avait flashé sur mon sac en cuir vert, sa couleur préférée. Il venait de Venise. Je rentrais de Venise. Je m'y étais rendue pour la Biennale d'art contemporain. E. et moi nous étions quittées une année de Biennale. 2015 resterait la seule que nous avions vue ensemble. En 2019, j'avais pris l'avion seule, j'étais retournée à Venise. J'avais trouvé la ville encore plus belle. De la salle de bains de ma chambre d'hôtel, je voyais le campanile de Saint-Marc. J'avais rencontré une Américaine dans le patio de l'hôtel, Colleen, qui m'avait invitée dans le Montana. Sur l'île San Michele, après avoir tourné plus de trente minutes dans l'allée où la tombe d'Ezra Pound était censée se trouver, j'avais interrogé un jardinier. Il ne parlait pas anglais, je ne parlais pas italien. Devinant malgré tout ce que je lui demandais, il avait répondu : « Stravinsky ? » « No, Pound. » Il avait pointé son doigt et, grâce à mes gestes, il avait compris qu'il fallait m'y accompagner. Il m'avait laissée devant la tombe, que je n'aurais jamais pu repérer sans son aide, elle était sous un arbre, quasi invisible, la végétation ayant repris ses droits sur la mort. Je passais toutes mes soirées devant le Café Florian à écouter les violons, je fumais sous les arcades du palais des Doges. Tous les jours j'avais Clément au téléphone, mon ancien collègue, mon ami surtout. Il changeait de maison d'édition, il montait en grade, il voulait que je vienne travailler avec lui. Je n'étais pas prête à retourner vivre à Paris. Le dernier soir de mon séjour, je l'ai appelé depuis le ghetto vénitien. Je me souviens de tout ce qu'il m'a raconté et pourtant j'étais dissociée, assise sur une place dans le quartier Cannaregio, comme coupée en deux. J'entendais ses mots mais une partie de moi n'était plus là. Une partie de moi était retournée en 2015. J'avais évité ce quartier depuis mon arrivée et j'avais fini par y revenir, comme un passage obligé auquel je ne pouvais échapper. Je nous voyais, E. et moi, des ombres heureuses, comme si nous n'avions jamais quitté Venise, comme si nous ne nous étions jamais quittées. J'avais retrouvé la même femme, sur le même stand en extérieur, au même endroit, dans la même rue, qui vendait les mêmes bijoux que nous avions regardés, comme si rien n'avait bougé, comme si le temps s'était figé. Pour la dernière soirée de notre voyage, nous avions voulu quelque chose de simple, un apéritif amélioré au bord de l'eau. Le supermarché dans lequel nous avions décidé d'acheter notre bouteille de Prosecco ne disposait pas d'un rayon frais pour l'alcool, notre chambre d'hôtel n'avait pas de frigidaire. J'avais dit « on va attendre ». J'avais attrapé la bouteille, E. m'avait suivie dans les allées, je savais très bien où j'allais. J'avais placé la bouteille dans le congélateur, à côté des glaces. Je me moquais de ce que pouvaient penser les gens de ces deux filles prostrées devant le rayon surgelés. Nous avions attendu. À ces moments-là, nous avions le sentiment de former une véritable équipe, un duo incassable. Un peu plus tard, un Moscafi, ce bateau-taxi en bois, nous avait éblouies en se garant devant nous, le chauffeur nous avait demandé de nous déplacer. Nous gênions. Nous n'avions opposé aucune résistance. Nous nous étions levées avec notre carton de pizza et nos verres vides. Légèrement ivres, nous étions rentrées à l'hôtel, j'avais dû lui refaire le coup de déclamer le discours de Roberto Benigni quand il reçoit le grand prix du jury à Cannes en 1998 pour *La vie est belle*. E. en connaissait des bouts depuis notre passage à Rome, où près du Tibre, j'avais récité son speech avec un accent italien plus que discutable. Venise avait alors entendu des rires et deux voix mêlées qui répétaient en boucle « mesdames et messieurs, mon cœur est époustouflant et je n'ai pas de mots pour vous donner tout mon amour ».

Elle s'était mise à pleurer, je m'étais rapprochée d'elle, j'avais essayé de la consoler, mais comment console-t-on quelqu'un qui va mourir ? Elle s'était reprise très vite, Virginie était comme ça, elle craquait, et dans la minute qui suivait, elle se ressaisissait avec une force qui laissait penser que rien ne s'était passé, qu'il n'y avait pas eu d'égarement, de moment de fragilité. La peur était perceptible dans ses yeux mais, étrangement, j'y percevais aussi de l'espoir. Elle m'avait demandé si j'avais des nouvelles de E., j'avais évoqué le dernier échange téléphonique, un an auparavant.

« Elle m'a dit, on se reverra quand chacune aura refait sa vie mais peut-être que toi, c'est déjà le cas. J'ai répondu négativement. J'ai ajouté et toi ? Elle a dit oui, j'ai rencontré quelqu'un. Je l'ai alors interrogée sur deux points : tu es heureuse ? Heureuse, qu'est-ce que ça veut dire ? Je ne me pose pas la question, je vis ce qu'il y a à vivre. J'ai enchaîné avec : tu es amoureuse ? Ah non, je ne suis pas amoureuse, il faut du temps pour ça. »

Virginie m'avait souri en posant sa main droite sur mon bras gauche. Elle savait l'impact que cette conversation avait eu sur moi, je n'avais pas besoin de la commenter. Elle savait que, dans mes silences, circulaient des myriades d'émotions, comme des bulles de savon qui se formaient et que je regardais s'éclater plus loin, scrutant leur transparence. Elle disait toujours « je sais que dans ton impassibilité, tu vois tout ». Je n'avais donc pas raconté la crise dans laquelle m'avait plongée cette conversation. J'avais crié, hurlé, imploré, E. était restée au téléphone avec moi pendant des heures, m'écoutant lui dire que c'était trop pour moi, que je ne pouvais pas encaisser cette nouvelle. J'avais tu que SOS médecins m'avait mise sous antidépresseurs le lendemain. Que j'avais aussi rappelé E. le lendemain, que ce coup de fil avait duré trente et une secondes. J'appelais pour m'excuser « j'ai été un peu trop excessive ». E. avait répondu « tu souffrais trop ». Virginie avait conclu « il ne faudra jamais y retourner, tu me le promets ? ». J'avais promis. Je n'avais pas non plus décrit notre rencontre impromptue quelques mois après cet appel. J'avais immédiatement reconnu E. de dos parmi deux cent cinquante personnes. J'avais une longueur d'avance. J'essayais de contrôler mes palpitations. Un peu après, tandis qu'elle descendait un escalier, j'avais vu qu'elle me reconnaissait aussi : elle s'était figée. Je l'avais observée tout en faisant mine d'être affairée. E. avait contourné le bar derrière lequel je me trouvais pour se rendre aux toilettes. Quand elle en était ressortie, j'avais remarqué qu'elle s'était mis du rouge à lèvres. Ça m'avait émue. Est-ce que c'était pour moi ? Je m'étais décidée à aller lui parler. Elle avait rougi quand j'avais délicatement posé ma main sur son bras pour l'attirer à moi. Elle s'était excusée auprès de la personne avec qui elle était en train de parler : « Je dois saluer une très vieille amie. » La femme avait ri en nous regardant, « vous êtes si jeunes, je ne vois pas comment vous pouvez être de très vieilles amies ». E. avait ajouté : « Si, on se connaît depuis très longtemps. » Notre complicité l'avait emporté sur la gêne. Elle avait immédiatement exprimé sa joie de me voir. Elle en avait eu les larmes aux yeux. Nous avions réussi à prendre des nouvelles de l'autre sans trop poser de questions intimes. Nous étions parvenues à nous regarder malgré l'émotion que nous essayions maladroitement de dissimuler. Ma présence suscitait toujours le trouble chez elle. Nous nous étions dit au revoir, elle m'avait serrée contre elle, l'idée de lui proposer d'aller boire un dernier verre, potentiellement chez moi, pour qu'elle découvre mon appartement, pour qu'elle découvre ma nouvelle vie m'avait traversée mais je ne l'avais pas fait. Je l'avais juste regardée s'éloigner de dos. Une semaine plus tard, j'avais reçu un texto « ça m'a bouleversée de te croiser, tu as vraiment l'air épanouie ». C'est vrai, j'étais plus sereine, je venais de terminer la formation que j'avais entreprise, j'avais décidé de ne pas retourner à Paris, j'étais dans une nouvelle dynamique professionnelle, je me reconstruisais. Après la jubilation, ce message m'avait plongée dans une colère noire. Que devais-je faire de ce bouleversement ? Depuis notre rupture, E. avait pour habitude de m'envoyer un ou deux textos par an, la bonne année, mon anniversaire, avec un ton neutre qui me rendait malade. Au dernier texto, envoyé en novembre 2019, qui me félicitait pour l'obtention de mon nouveau poste et qui se terminait par « tu dois être comblée », je n'ai jamais répondu. Je n'étais pas comblée, comblée n'est pas le mot approprié quand on doit faire face à son propre effondrement.

Des cartons jonchaient le sol de l'appartement, Virginie rangeait, elle triait, elle faisait repeindre les murs de la chambre de sa fille. « Une fois que ce sera fait, je n'aurai plus qu'à voir les gens. » Elle préparait sa mort, en réglant les choses pratiques, la vie matérielle, elle cherchait à alléger l'absence à venir, qu'elle devinait insupportable pour les siens. Ses ressources semblaient inépuisables. Se tenir droite, toujours, malgré l'adversité. Retenir ces bouts de vie qui vibraient encore. Nous avions parlé d'art et de littérature. Elle m'avait fait rire, elle m'a toujours fait rire. Avant que je ne parte, elle a émis le souhait de me prendre en photo, elle qui en prenait rarement. Devant sa bibliothèque, on peut observer mon très grand sourire, un sourire lumineux, dû à la présence de Virginie, une lumière sûrement amplifiée par le jaune de ma robe. Rien de ce que je ressens au plus profond de moi-même n'est décelable sur l'image : un déchirement. Je l'ai embrassée trois fois et dans chacun des baisers déposés sur sa joue j'ai glissé toute mon affection pour l'accompagner jusqu'au bout. Elle m'a murmuré « merci pour ta visite lumineuse, un rayon de soleil dans mon intérieur ». En descendant les escaliers de son immeuble, me cramponnant à la rampe, je me suis surprise à éprouver le besoin d'avoir E. à mes côtés, qu'elle me tienne la main, qu'elle me répète, même si c'était faux, que les tornades ne s'abattent jamais deux fois au même endroit.

Je ne sais pas comment se sont passés ses derniers instants. Ce que je vois, c'est le numéro de Nathalie qui s'affiche sur mon portable, ce que j'entends, c'est sa voix qui ne prononce pas les mots, ce sont ses sanglots qui se chargent de l'annonce. Dans mon entrée, je m'écroule. Je raccroche. Je me traîne au salon, je mets *Perfect day* de Lou Reed au volume maximum, je pousse un peu les meubles. Je danse, je synchronise mes mouvements sur mes larmes. Je danse au milieu du désastre, je danse sur sa chanson préférée. Les yeux fermés, je revois la seule photo que j'ai prise d'elle, un soir de fête dans mon bureau. Virginie est floue, elle se déhanche, elle a les mains en l'air, elle est en vie. Quand la musique s'arrête et que je rouvre mes yeux, je réalise que ce jour de septembre, vers cinq heures du matin, avant le lever du soleil, l'été qui s'achève l'a emportée avec lui.

Le jour de son enterrement, quand son cercueil est entré dans l'église bondée de Saint-Paul, Clément me tenait la main gauche. Il la serrait si fort que la bague que je portais lui rentrait dans la peau. Un anneau doré avec des oiseaux, des inséparables. Virginie me l'avait offerte quand j'ai quitté Paris. Elle avait ajouté, « c'est ce que nous sommes, des inséparables ». Je me suis alors revue deux ans plus tôt, un soir de septembre 2017, un soir où ce n'était pas dans mon bureau que j'avais pleuré, mais dans le sien. Il était juste en face du mien, nous avions l'habitude de nous parler à travers les portes ouvertes. Je n'avais pas allumé. Grâce à la porte vitrée, les lumières des fenêtres donnant sur la cour apportaient un éclairage suffisant pour ce que j'avais à y faire. Dire au revoir dans ce bureau vide et silencieux. Je ne savais pas si je reviendrais, et elle, reviendrait-elle ? Au mur était accroché un cadre avec une carte postale : la photo d'Yves Klein réalisant son *Saut dans le vide* en 1960, à Fontenay-aux-Roses. Les photographes Harry Shunk et János Kender ont immortalisé la scène. Il s'élance du haut d'un bâtiment comme s'il allait s'envoler. Quand j'avais fermé la porte de son bureau, c'est exactement ce que je m'apprêtais à faire : un saut dans le vide.

*

« Vous avez des enfants, vous ? » Cette question me semblait hors de propos quand j'avais vingt-cinq ans, à trente-sept ans, elle était légitime et revenait tout le temps. Quand on rencontre une personne pour la première fois, on lui pose toujours les trois mêmes questions : tu fais quoi dans la vie, es-tu marié, as-tu des enfants ? Trois éléments qui nous caractérisent aux yeux du monde. Ces deux dernières années, c'était un festival, il pleuvait des annonces, des accouchements. Mes amies m'apprenaient leur grossesse, m'envoyaient les photos de naissance. J'adressais des félicitations, saluais la beauté des prénoms. J'achetais des cadeaux et j'allais rencontrer ces merveilleux bébés, je m'extasiais. Je demandais si la crèche avait été réservée, si l'allaitement était prévu ou si le biberon était privilégié. C'était sincère. Mais cela ravivait amèrement leur absence dans ma vie. Être avec des enfants, pour moi, c'est très naturel. Cette aisance avait éveillé chez E. le désir d'en avoir un avec moi. Elle disait « avec toi je n'aurai pas peur parce que tu sauras comment faire ». Elle avait choisi un prénom, Paloma, et n'en démordait pas. Si E. était prête à s'investir dans un tel projet, je pouvais bien céder sur le prénom. Paloma avait été un rêve. Je ne pousserais jamais son tricycle quand elle ne voudrait plus monter dessus et qu'il faudrait la porter dans mes bras. Tout ce que nous avions imaginé, ensemble avec elle, toutes les trois, je devais l'oublier. Passer à autre chose. Je n'étais pas enceinte, je n'attendais pas d'enfant, j'écrivais un roman.

15

On dit que la police fluviale sait distinguer les suicidés pour affaire de cœur de ceux qui se sont suicidés pour affaire d'argent. Les amoureux se ravisent, s'écorchent les doigts en s'agrippant aux piles des ponts, les endettés se laissent couler à pic comme des plaques de béton.

Sophie Calle, *Tout*

Je faisais une dépression. Pourtant je ne faisais rien du tout, je n'avais aucune prise sur la réalité. Je n'agissais pas, je subissais. Je regardais les jours avancer, les nuages poussés par le vent et je restais immobile. Je n'avais rien à dire sur mon confinement mais je me demandais sans cesse à quoi ressemblait le sien, et surtout avec qui elle était confinée. Ma mère avait parlé du fait que les mariages d'été seraient annulés. Était-elle une mariée de l'été ? Elle avait ajouté que les mariés auraient sûrement changé d'avis d'ici la fin du confinement, ils ne se supporteraient plus. La possibilité que E. soit concernée m'avait fait frémir un instant, j'avais un peu tremblé de plaisir mais rien ne s'était vu, je n'avais rien dit. Ici, depuis des semaines, on entendait seulement les bruits des tondeuses et des grillons. Ça me faisait sans cesse penser à ces artistes qui enregistrent les paysages sonores de certaines villes. La campagne, ça ne fait pas beaucoup de bruit. Le bruit des tondeuses et des grillons.

La nuit, on entendait aussi le cri de quelques animaux. Ça sentait l'herbe fraîche coupée toute la journée. L'été serait bientôt là et je n'avais pas vu passer l'hiver. Mon état ne s'améliorait pas. Il se détériorait.

Après mon passage en clinique, mon nouveau psychiatre, m'avait demandé si, au fond, avec tout ça, je n'avais pas souhaité être un homme. Je l'avais regardé incrédule. Je ne m'étais jamais posé cette question. Elle n'avait pas lieu d'être mais je voulais bien prendre le temps d'y répondre. J'avais réfléchi. « Non, j'aime profondément être une femme. C'est une certitude. J'aimais être en couple avec une femme, j'aimais ce que nous étions. J'aimais l'incroyable féminité de E., son absolue sensualité. Je suis heureuse d'être une femme. C'est dur, il faut se battre sur tout, se justifier en permanence, mais je détesterais être un homme. Ce sont les femmes qui gouvernent le monde, pas l'inverse, en dépit de tout ce que l'on essaie de nous faire croire depuis la nuit des temps. Les femmes ne regardent pas passer le train, les femmes sont dans le train, parfois elles sont même le train. Être une femme célibataire de trente-sept ans sans enfants, une femme indépendante qui donne l'illusion qu'elle n'a besoin de personne, qu'elle s'autosuffit, ça donne le tournis aux autres. Non, je n'ai jamais souhaité être un homme. » Je n'ai rien contre les hommes mais j'ai détesté ceux qui portaient un regard un peu trop insistant sur E., et il y en a eu beaucoup, elle était belle et elle adorait plaire, en tous cas elle adorait se rassurer sur le fait de plaire. J'aurais dû être flattée que la femme que j'aimais attire l'attention mais ce n'était pas de la fierté que je ressentais. Ma place était menacée, je ne lui faisais pas confiance et chaque regard constituait un danger, chaque regard pouvait me faire échouer. Je réalise que ce qui peut être déstabilisant dans cette histoire, c'est la position assez inédite dans laquelle je m'étais trouvée. Si j'avais été avec un homme, j'aurais eu une femme pour rivale. La logique aurait voulu que si j'étais avec une femme, j'aie aussi une femme pour rivale mais ce ne sont que des hommes que j'avais eus pour rivaux. Ces hommes qui parfois nous regardaient en pensant, quel gâchis, parce qu'on voyait bien qu'il y avait quelque chose qui les rendait dingues, que deux filles aussi jolies n'aient pas besoin d'eux. Ce qui, je l'avoue, nous amusait beaucoup.

Quand j'ai réussi à remonter un peu la pente, les gens autour de moi m'ont raconté ma propre disparition. « On ne te reconnaissait pas. » Pendant ces mois d'enfer, je m'étais cherchée sans parvenir à retrouver celle que j'étais, c'était la perte ultime. La perte de trop, celle contre laquelle on ne peut pas lutter. J'étais persuadée que je ne retrouverais jamais mon état normal. Que je resterais dans cet abîme qui ne ressemble ni à la vie ni à la mort. Dans cet interstice qu'il faut avoir expérimenté pour tenter de le décrire. C'est un trou. Un trou noir vers lequel on se voit plonger sans en connaître la profondeur. Un aimant qui nous attire un peu plus quotidiennement, rendant chaque journée pire que la précédente. On ignore l'emplacement du fond. On se demande même si le fond existe, on l'espère mais on espère surtout qu'il est encore assez loin. On devine seulement qu'il correspond à la mort, c'est vers elle qu'on va, progressivement. C'est une longue nuit qui n'en finit jamais, une nuit interminable, hermétique à toute source de lumière. Une agonie quasi invisible. Quand j'étais enfant, chez mes arrière-grands-parents maternels, il m'était interdit de jouer près du puits situé à l'arrière de la maison, près du clapier des lapins. Évidemment, l'interdiction suscite la tentation avant la transgression. Je me suis souvent penchée pour voir le fond du puits, je le trouvais insondable. Mon état était insondable. J'étais devenue un minuscule point qui n'allait pas tarder à s'effacer. On avait beau me dire le contraire, c'était irrecevable, me le dire revenait à ne pas prendre ma détresse au sérieux. J'étais déjà loin, comme irrattrapable. Comme les ballons que, enfants, nous laissons échapper alors que nous les tenions si bien, ils volent déjà dans le ciel, sous nos yeux stupéfaits, sans que nous n'ayons rien pu faire.

Un soir, ma douleur m'avait semblé encore plus forte qu'au cours des derniers mois. En réalité, elle n'était peut-être pas plus intense mais je ne la supportais plus. J'ai posé devant moi toutes mes boîtes d'antidépresseurs, sorti chaque plaquette de chaque boîte avec application. J'ai pressé l'emplacement de chaque gélule pour les libérer. Le bruit de l'aluminium qui se fendait, ce craquement si léger, venait déranger le silence nocturne. Au fur et à mesure, des dizaines de gélules sont apparues sur la table devant moi. Chacune avait un côté blanc et un côté jaune. J'ai pensé à des œufs. Les œufs, c'est fragile. Les œufs, ça se casse et ça dégouline. On aime bien les séparer, les œufs. J'ai pris une poignée de gélules dans ma main gauche, devant ma main droite un verre d'eau attendait. Je ne voyais plus rien, je sentais mes larmes couler dans mon cou. J'ai fermé les yeux. Je me suis dit que mon cerveau allait m'envoyer une dernière image. Je n'ai rien vu. Mais j'ai entendu une voix couverte par le bruit des vagues, une toute petite voix, puis une deuxième, qui répétait les mots de la première : « Tata. Tata regarde. Tata viens voir ce qu'on a fait. » La lumière de l'été déclinait. J'étais dans l'eau, dos à la plage. Je me suis retournée. Ils tenaient leurs seaux, ils étaient victorieux. Noé portait un maillot de bain bleu, il renversait de l'eau de son seau rouge sur le sable, quand il avait fini il l'attrapait par son anse blanche et le levait vers le ciel. Quand il riait, on voyait l'espace de ses dents manquantes. « Tata, tu as vu, tu trouves ça beau ? » Lisa souriait dans son maillot une pièce. Elle déposait des coquillages sur chacun de leur pâté. Nous nous sommes assis tous les trois et nous avons attendu que la mer les emporte. Quand une vague a effacé l'ultime amas de sable, Noé m'a regardée et m'a dit « c'était notre plus beau château, pas vrai tata ? ».

Hier, quand j'ai demandé à ma grand-mère maternelle quel avait été le plus beau jour de sa vie, elle n'a pas hésité une seconde : « Les jours où mes enfants sont nés. » Je n'ai pas osé lui demander quel avait été le pire jour de sa vie, je connaissais la réponse : « Quand mes enfants sont morts. » Je n'avais pas d'enfants, mais les plus beaux jours de ma vie étaient ceux de la naissance de mes neveux. Je tiens à eux comme ma tante tenait à ma sœur et à moi. Tout le monde dit que j'ai la même folie, son sens de la dérision, sa radicalité. Quand elle était petite, Lisa disait avec fierté « avec tata, il n'y a pas de limites ». Je pouvais la tirer sur une luge dans un jardin en plein été. Nous n'avions pas besoin de la neige, dans ses yeux j'apercevais des flocons se former. Noé, quant à lui, disait que j'étais la plus drôle du monde. Ils ne savaient jamais si, dans les histoires que je leur racontais, je disais la vérité, « allez tata, dis-nous la vérité ». Leur faire croire des choses incroyables était ce que je voulais leur transmettre, pour qu'ils se disent que dans la vie, rien n'est impossible. Que tout est envisageable. Leurs parents s'occupaient de leur éducation, je m'occupais de leur imaginaire. Ma tante s'était occupée du mien. Je m'étais souvenue de son rire, des tas d'images s'étaient juxtaposées sans hiérarchie, sans chronologie, comme un immense kaléidoscope : nos voix chantant dans les nuits chaudes d'été, les vitres ouvertes, la musique à fond, dans sa voiture, son odeur qu'elle laissait sur mon oreiller quand elle faisait la sieste dans mon lit les dimanches avant son train pour Paris, cette odeur qui persistait quelques jours, cette odeur dont je guettais la disparition, mon premier film étranger en version sous-titrée, nous n'avions pas ça dans les cinémas de province, les quatre flashs du Photomaton pour ma carte Kiwi, le rideau qui se ferme, elle qui surgit pour apparaître avec moi sur le dernier carré, ce film sur une plage bretonne où une vague la renverse, elle explose de rire en essayant de se relever le plus rapidement possible, les cercles orange qu'elle créait dans la nuit en agitant sa cigarette, ses cahiers remplis de mots étrangers, ma tante parlait trois langues, le français, l'anglais, l'allemand, ses histoires d'amour romanesques, aucun homme ne lui résistait, ses emportements, ce jour où elle a osé dire à mon père droit dans les yeux combien il l'avait déçue, il pleurait, elle l'avait touché en plein cœur et elle lui tenait tête, elle ne s'arrêtait pas, ma tante ne reculait devant rien, ma tante ne se taisait jamais quand elle avait quelque chose à dire, on ne pouvait pas la faire taire, ma tante parlait haut et fort, elle allait jusqu'au bout, elle était volcanique, elle était courageuse, elle était authentique, ma tante était admirable, nos échanges épistolaires, les cadeaux-souvenirs de ses voyages, ce message enregistré à mon intention comme annonce d'accueil sur son répondeur parce que les portables n'existaient pas à l'époque, il m'était uniquement destiné mais tous les gens qui ont tenté de la joindre l'ont entendu, il indiquait où je pouvais la rejoindre, ma tante trouvait toujours des solutions, ma tante ne portait pas de montre, le temps n'avait pas d'importance, sa venue surprise à mon spectacle d'école où je tenais un des rôles principaux, j'avais huit ans, la photo qu'elle a prise dans les coulisses, la photo d'un clown, un clown si heureux qu'elle soit là, un clown qui pouvait alors monter sur scène parce qu'il savait que dans la salle ses yeux n'en auraient que pour lui, le clown allait donc jouer pour elle. Si je représentais tout cela pour mes neveux, je devais rester malgré mon cœur brisé. C'est leur amour qui m'a sauvée, le leur et celui qu'il me restait à leur donner. J'avais rangé les gélules dans une boîte et j'étais allée me coucher.

Les mois qui ont suivi notre séparation, nous avons eu quelques échanges téléphoniques. Une fois, après trois semaines de silence, j'avais appelé E. Elle avait été surprise et heureuse de m'entendre, je le percevais dans sa voix. J'avais à peine prononcé trois phrases, elle avait déclaré « j'avais oublié combien j'aimais ta voix ». C'est le souvenir que je conserve de la lecture de *Face aux ténèbres*. Au cours de sa dépression, William Styron avait perdu sa voix, pas au sens de l'aphonie, mais il en avait changé, il avait celle d'un vieillard. Pendant la mienne, je n'ai pas vu mes amis, nous avons seulement échangé par téléphone. Le son sans l'image. Ils étaient unanimes : ils ne reconnaissaient pas ma voix.

Ma voix, E. ne l'a pas entendue ce jour de juin 2020 où je l'ai croisée dans la rue, dans la ville de notre adolescence, dans la ville où nous étions tombées amoureuses. L'image sans le son. Je n'ai discerné que ses grands yeux verts et l'ombre d'une veste beige. Elle, que je n'avais pas vue depuis deux ans, était soudainement réelle. Je me suis instinctivement placée devant la vitrine du magasin dont je venais de sortir, attendant de deviner son passage dans mon dos. Mais je n'ai rien senti derrière mon dos. Elle a choisi de s'arrêter à côté de moi. Je ne sais pas combien de temps cet instant a duré, je ne pouvais pas bouger, j'essayais de garder une contenance. Son épaule touchait presque la mienne. Ce corps que je connaissais par cœur, les yeux fermés, les yeux ouverts, était à portée. Nous nous étions aimées pendant quinze ans et nous nous frôlions. Son attitude était provocante, pourtant une sorte de sensualité indescriptible s'en dégageait. Aucun mot n'a été échangé mais nous étions toutes les deux conscientes de ce qui était en train de se jouer, aucune ne flancherait. À un moment de notre vie nous avions représenté quelque chose pour l'autre, plutôt, nous avions tout représenté pour l'autre. Cette proximité en attestait. Je me concentrais sur le prix d'une paire de boucles d'oreilles. J'aurais pu toucher E., je n'en ai rien fait. J'ai attendu qu'elle capitule devant ma détermination à rester de marbre. Elle s'est enfin décidée à poursuivre son chemin. Bien sûr, je me suis retournée pour la regarder s'éloigner. Je n'étais pas sûre mais il me semblait qu'elle n'était pas seule, tout était allé si vite, j'avais distingué une ombre à côté d'elle, une masse floue. C'était donc lui que je découvrais désormais de dos. Lui qui m'avait remplacée, lui qui avait le pouvoir de lui faire un enfant. J'ai déplacé mon regard jusqu'à elle. Je me souviens avoir cherché à savoir si son ventre était arrondi. Mais je n'ai pu m'y attarder, elle me fixait. Elle n'était plus la personne que j'avais aimée, elle était devenue quelqu'un d'autre. Tout s'était révélé absolument concret : un peu comme les morts dont il faut voir le corps pour entamer son deuil. Cette vie où je n'avais plus ma place, je l'avais sous les yeux. J'ai détourné mon regard et je suis entrée dans le magasin, pour la deuxième fois. La vendeuse m'a dit « rebonjour » et je crois qu'elle a remarqué la pâleur de mon visage. J'avais blêmi d'avoir vu son fantôme. L'amour avait beau s'estomper, les battements de mon cœur qui s'accéléraient dans ma poitrine confirmaient que l'indifférence serait plus longue à atteindre. J'ai pensé à cette chanson brésilienne, *Negue*, que chantait Cesária Évora. Je la lui avais fredonnée dans ce restaurant à Lisbonne. Le patio dans lequel nous dînions donnait sur les lumières du pont du 25-Avril, le Cristo Rei surplombait la ville de ses bras tendus. Son amour pour moi se reflétait dans ses yeux. Elle avait ce trouble que je lui connaissais, ce trouble que je provoquais et qui rendait grâce à son authenticité.

Diga que já não me quer
Negue que me pertenceu
E eu mostro a boca molhada
Ainda marcada pelo beijo seu
Dis que tu ne m'aimes plus
Nie que tu m'as appartenu
Et je te montre la bouche mouillée
Encore marquée par ton baiser

16

Vous utilisez la pierre, le bois et le béton, et avec ces matériaux,
vous construisez des maisons et des palais. C'est la construction.
L'ingéniosité est au travail. Mais soudain tu touches mon cœur,
tu me fais du bien, je suis heureux et je dis : c'est beau.
C'est l'architecture. L'art qui entre.

Le Corbusier

Je regarde les reflets de l'eau qui apparaît turquoise grâce à la réverbération du liner de la pataugeoire. E. est redescendue chercher ses lunettes de soleil qu'elle vient d'oublier au café de l'hôtel. Là, sur la terrasse de la Cité radieuse, je l'attends. À la réception, l'homme nous a demandé « vous êtes ensemble ? », E. était légèrement en retrait. « Oui nous sommes ensemble. » La réservation était à mon nom, je lui avais fait la surprise. Sur le parking, j'avais coupé le moteur. Elle pensait que nous allions simplement visiter l'appartement témoin. J'avais annoncé : « Ce soir on dort chez Charles-Édouard Jeanneret. » Quand elle s'assoit à mes côtés, je lui fais remarquer la présence d'un jet d'eau vert dans la partie gauche du bassin. L'agent d'entretien nous précise qu'il le remplit souvent, il se vide rapidement à cause de la chaleur, son rôle est de surveiller l'évaporation. Nous nous relevons pour prendre une photo malgré le tuyau d'arrosage, je souhaite depuis longtemps une image de piscine pour mon appartement, une piscine insolite. Nous trempons enfin nos pieds dans l'eau. E. dit qu'elle achètera un cadre noir et que l'ensemble rendra très bien chez nous. Je la fixe avec intensité, je sens mes yeux qui sourient, les rides qui se forment alors. Elle me tape dans la main : « Promis, je vais venir vivre avec toi à Paris. » Sa paume dans la mienne, je pense aux serments des enfants, ces serments auxquels on croit à la vie à la mort, pour lesquels parfois on a même le courage de mélanger son sang. Nous nous étions souvent demandé si nous serions devenues amies si nous nous étions rencontrées enfants. J'étais une enfant active, qui détestait attendre, élaborant déjà toutes les stratégies pour obtenir ce que je désirais. Je n'abandonnais jamais, ma mère me surprenait souvent en train de chercher un moyen de réparer mes jouets cassés, pour m'assurer que j'avais tout essayé avant de me résigner à les jeter. E. semblait plutôt avoir été une enfant contemplative, elle disait : « Si mes parents m'avaient laissée trois heures au même endroit, ils avaient la certitude que je serais toujours là quand ils reviendraient, je n'aurais pas bougé. » Nous semblions avoir été des enfants rêveuses, un peu idéalistes, assez radicales, mais il existait chez moi cette force autant que cette faiblesse de vouloir à tout prix que le fantasme devienne réalité. Je n'avais pas perçu cette tendance-là dans ses récits. Elle renonçait plus vite, elle acceptait la frustration, elle était plus sage. J'étais moins raisonnable.

Après avoir visité Marseille, le soir, nous investissons notre chambre. L'hôtel se trouve au troisième étage. Nous héritons d'une des anciennes chambres d'enfants partageant les toilettes sur le palier avec la chambre mitoyenne. La pièce mesure moins de deux mètres de large mais elle s'étire dans la longueur et se termine par un balcon avec vue sur les montagnes. L'autre aile de la Cité radieuse donne sur la mer. Nous allons dormir dans un lit de 120 centimètres, ce qui ne nous pose aucun problème car nous dormons toujours collées l'une à l'autre, nous ne prenons pas beaucoup de place. Cela nous rappellera notre *vraie* première fois, celle où nous avions enfin eu l'audace de nous déshabiller totalement, débarrassées de notre peur et de notre pudeur. Cette fois où je m'étais demandé si nous allions survivre, si nos corps allaient supporter ce vertige, parce qu'après avoir joui, nous ne savions pas si l'autre allait réussir à reprendre son souffle tant elle manquait d'air. Depuis, E. avait pris l'habitude d'écouter les battements de mon cœur jusqu'à ce qu'ils reprennent un rythme normal.

Je lui propose de remonter sur la terrasse pour nous donner l'illusion que nous sommes des résidentes de cet édifice emblématique. Le couloir est faiblement éclairé, Le Corbusier ayant constaté que les gens ont tendance à parler moins fort quand la lumière est tamisée. En effet, nous chuchotons, autant excitées par ce voyage dans le temps qu'effrayées par l'atmosphère étrange qui règne dans cette troisième rue. Nous nous tenons par le bras, nous avons l'impression que nous pouvons croiser un fantôme à tout instant. La silhouette incrustée dans le mur du Modulor, le système de mesures inventé par l'architecte suisse à partir duquel toutes ses unités d'habitation ont été construites, amplifie notre sentiment. E. appuie sur le bouton de l'ascenseur, rien ne se produit. Elle insiste sans succès. Le temps que je lui fasse remarquer que, comme devant les portes automatiques, elle est souvent indétectable, il s'ouvre si violemment que nous hurlons. J'appuie alors sur le bouton correspondant au neuvième étage. Arrivée au sommet, elle se met à courir vers l'imposante cheminée qui ressemble à celle d'un paquebot, lui tourne le dos, se penche vers le vide et crie combien elle m'aime. Immédiatement, nous entendons l'écho. Je la tire pour qu'elle recule, je sais qu'elle a le vertige. Elle déclare : « À toi maintenant. » Je refuse, nous sommes seules mais j'ai peur que ces cris nocturnes nous portent préjudice auprès du personnel de sécurité qui pourrait débarquer sans prévenir. Elle ajoute : « De toute façon, de nous deux, c'est moi qui t'aime le plus. » Je réfute, je la contredis : « Non évidemment, des deux, c'est moi qui t'aime le plus. » Les lumières génèrent des petits cercles sur son visage, ils me rappellent ceux qui se formaient déjà à nos débuts sur sa peau grâce au reflet des gouttes de pluie qui coulaient sur les vitres de ma voiture. Les premières années, avant d'avoir nos appartements respectifs, nous avions passé un temps considérable à nous aimer dans cette voiture, à l'abri des regards.

Je sors mes écouteurs de mon sac. Je lui tends l'oreillette droite, insère la gauche dans mon oreille, appuie sur play. Les premières notes de *True romance* de Citizens! résonnent. Nous avons découvert cette chanson en décembre 2012 dans le spectacle de Christophe Honoré, *Nouveau Roman*, au théâtre de la Colline. Sur le toit de ce bâtiment utopique inauguré en 1952, nous dansons, nous inscrivons notre passage dans les lieux, je la fais tourner sur elle-même. Les fils s'emmêlent, nous contraignent à ne pas nous éloigner l'une de l'autre. Au milieu des vibrations de la ville, nos voix s'élèvent dans cette nuit chaude d'été. Quand le morceau s'arrête, elle déclare : « Tu es mon éternelle, tu le sais. » C'est ainsi que je nous souhaite cet été 2015 : éternel.

Avant de m'endormir, je repense à l'exposition présentée à la Friche la Belle de Mai. Nous nous sommes tant aimées dans les musées. À l'étranger, je lui traduisais les cartels. L'exposition a pour titre FOMO, cet acronyme désignant le syndrome Fear Of Missing Out (la peur de passer à côté de quelque chose). Le projet curatorial est construit selon différentes temporalités, aube, zénith, crépuscule, sur les trois plateaux de la tour Panorama. C'est dans la partie zénith que se trouve l'œuvre qui m'a le plus marquée. Je me repasse la scène en boucle avant que le sommeil ne m'emporte : l'expérience imaginée par le collectif Random international que nous avons vécue à travers l'œuvre *Self Portrait* qui date de 2010. Le tableau accroché au mur est blanc, nous cherchons ce qu'il faut y voir, il est vide. Nous scrutons les détails, nous sommes seules devant lui, ne savons pas si nous devons nous approcher. Soudain, sans aucun signe annonciateur, nous distinguons deux silhouettes un peu floues. Nous nous reconnaissons. Nous sommes surprises. Un capteur vient de détecter notre présence, nous ne savons pas laquelle des deux a activé le système. Notre reflet est projeté sur la toile comme une photographie en noir et blanc, un cliché ancien qui aurait subi les altérations du temps, victime d'une défaillance de conservation. L'image n'a pas le temps d'être complètement nette. Elle commence à disparaître presque aussitôt qu'elle émerge. C'est fugace. Insaisissable. Un développement éphémère. Un instantané que nous ne reverrons jamais. Au bout de quelques secondes, nous nous effaçons, nous ne sommes plus que des pointillés, avant de nous dissoudre totalement. « Oui nous sommes ensemble. » Quand nous quittons la pièce, le tableau redevient tout blanc, comme si rien n'avait jamais existé.

17

I knew that it could be a sound of the future but I didn't realize how much the impact would be. My name is Giovanni Giorgio, but everybody calls me Giorgio.

Daft Punk, « Giorgio by Moroder », *Random Access Memories*

J'avais entrepris ce voyage dans l'Ouest pour écrire. J'écrivais peu. Je cherchais encore une forme. J'hésitais entre le présent et l'imparfait. Je ne savais pas encore vraiment comment raconter l'histoire. Je recommençais mille fois, j'écrivais des débuts différents. Peut-être aussi, j'avais peur de ce que j'allais écrire, de ce que j'allais donner de moi. C'était intimidant. Mon voyage avait deux étapes, la première au côté de mes amis rencontrés à mon arrivée à Paris, que je connaissais depuis treize ans, la deuxième sur les traces de ma tante, disparue depuis quinze ans. C'était l'automne qui avait suivi ma dépression. J'étais en convalescence. Je devais rester vigilante. J'avais cru ne jamais m'en sortir, que la dépression sévère que j'avais traversée me mènerait au suicide. Que c'était la seule issue envisageable, la plus simple. Dans *La Passion suspendue*, Marguerite Duras dit quant à l'acte d'écrire : « J'écris pour me vulgariser, pour me massacrer, et ensuite pour m'ôter de l'importance, pour me délester : pour que le texte prenne ma place de façon que j'existe moins. Je ne parviens à me libérer de moi que dans deux cas : par l'idée du suicide et par celle d'écrire. » J'avais tranché. Je ne savais pas vraiment où j'allais mais j'y allais avec l'urgence d'écrire, en laissant davantage de place à l'incertitude, sans savoir encore comment j'allais me reconstruire. J'accueillais le vide qui était devant moi en lui promettant d'en faire quelque chose. Je ne pensais qu'à l'écriture toute la journée. À ces premiers mots que j'écrivais et à ceux que je n'écrivais pas. Le temps était passé si vite, je regardais mes amis, nous avions tous vieilli. J'étais la seule célibataire du groupe. Ils avaient tous des projets à deux. Je ne pouvais compter que sur moi-même. C'était vertigineux. Qu'allait-il rester de ce voyage, qu'est-ce que j'en attendais ? À quoi était-il censé répondre ? Mon fantasme était de rentrer avec une ébauche de roman.

J'ai attendu le dernier jour de mon séjour dans le Finistère pour me rendre sur l'île de Sein. La veille, j'avais mis mon réveil tout en ne sachant pas ce que je déciderais. Ma tante m'avait promis de m'y emmener un jour, tant ce lieu comptait pour elle. Elle n'en avait pas eu le temps. Le réveil avait sonné, je n'avais plus hésité, je verrais bien ce que j'y trouverais. Quand j'étais montée dans la voiture, le soleil se levait, le ciel était splendide. La plus belle journée de mon séjour. Je n'avais pas remis les pieds en Bretagne depuis quinze ans. Depuis cette fois où j'avais conduit ma grand-mère juste après le décès de ma tante. Nous étions rentrées quatre jours plus tard, le coffre plein de ce qu'il restait d'elle. Elle était morte près de sa famille à sept cents kilomètres, elle n'avait pas pu faire le voyage dans l'autre sens. Le ciel était teinté de rose quand je suis passée sur le pont au-dessus du port de Bénodet, les bateaux devant le phare étaient immobiles. Je roulais déterminée. J'aimais penser que tous les kilomètres que j'avalais, tous les détails que je voyais, elle les connaissait. J'avais une heure de route avant de rejoindre l'embarcadère dans la baie d'Audierne. J'avais traversé le village où elle avait acheté sa maison, quand elle avait décidé de quitter Paris. Plouhinec jouxte Audierne, le sentier côtier, le GR34, les relie. Je m'étais garée dès que j'avais trouvé une place, je craignais de rater le bateau. Dans mon sac à dos, j'avais glissé ma doudoune noire pour la porter sous mon ciré vert, mon bonnet gris, un carnet à la couverture bleu marine, mes écouteurs, mes lunettes de soleil. J'ai acheté un billet aller/retour et je suis montée sur le bateau, je me suis installée sur le pont, à gauche, près de la rambarde. Il était neuf heures trente. La mer affichait tant de nuances de bleu qu'il était difficile de les compter, la couleur glaz. Quand nous avons démarré, je me suis levée, je suis restée debout à regarder l'écume frapper sur la coque du bateau. La mer d'Iroise, réputée dangereuse, était assez calme. Je sentais l'humidité sur mon visage, une humidité salée. Je scrutais la mer, j'espérais voir des dauphins et je les priais de se montrer. Si jamais j'en voyais un, c'était un signe, c'était ma tante qui me l'envoyait. On négocie toujours avec les signes. J'écoutais les albums de Coldplay, au fur et à mesure de la traversée, les lumières changeaient, la beauté et le calme face à moi, c'était hypnotisant, j'en avais même un peu le vertige. C'était encore mieux que ce que j'avais imaginé. La traversée durait presque deux heures. Vers la fin, je suis allée de l'autre côté du bateau pour prendre un phare en photo, je suis revenue sur la gauche et j'ai décidé de m'asseoir, je commençais à avoir froid. L'île était désormais visible, plus on avançait, plus elle grandissait. J'ai changé la musique sur mon téléphone et sans réfléchir j'ai mis la bande originale du *Grand Bleu*. Ce film, ma tante me l'avait montré quand j'avais huit ans. À l'époque, je n'étais pas sûre d'avoir compris la fin. J'avais dit « mais qu'est-ce qu'il faut comprendre ? », elle avait répondu « ce que tu veux y comprendre ». Johanna est sur le ponton, Jacques est dans la mer, équipé de son attirail de plongeur apnéique, elle lui demande pourquoi il a besoin d'y aller. Elle pleure, lui dit qu'elle attend un bébé. Jacques n'écoute pas, Jacques veut rejoindre les dauphins. Jacques veut aller au fond. Elle prend une grande inspiration et lui dit *« go and see my love »* puis elle actionne la manette qui permet la descente, on le voit partir. Sur la dernière image du film, il est avec un dauphin, il a l'air heureux. À huit ans, j'étais un peu sceptique, je choisissais de penser qu'après avoir nagé avec eux, il finirait par remonter, qu'il ne pouvait pas rester dans l'eau si longtemps, mais après tout c'était un plongeur professionnel. Plus tard, j'avais admis qu'il se suicidait. J'écoutais les premières notes d'Éric Serra depuis une dizaine de secondes quand j'ai entendu crier. « Un dauphin… là un dauphin ! » Je me suis levée, j'ai couru, j'ai repris ma place initiale, il était là devant moi. Il sortait de l'eau en sautant, il y rentrait, on le perdait de vue et il sautait à nouveau, ainsi de suite, il suivait le bateau, une minute s'est écoulée. Il était énorme, d'un gris profond, presque noir. Je riais et je pleurais en même temps. Ce dauphin était un signe, ce dauphin était mon signe.

Quand j'ai posé le pied à terre, j'ai cherché le café dans lequel ma tante avait l'habitude de se rendre et dont le gérant était un de ses amis, *Chez Bruno*. C'est une maison jaune aux volets verts située juste à l'entrée de l'île. C'était fermé. J'étais déçue, j'aurais aimé qu'il me parle d'elle, qu'il me surprenne en m'apprenant des choses que j'ignorais à son sujet. Je suis allée commander un café crème dans un bistrot rouge, le seul ouvert. Des tables étaient installées dehors, j'ai bu mon café face au soleil et face au port. Une dame d'une soixantaine d'années, installée sur ma gauche, était seule. Elle avait des yeux clairs, j'aurais aimé lui parler mais je n'ai rien dit. Je l'ai recroisée plus loin sur l'île, nous nous sommes souri. La solitude se partage ainsi. Combien étions-nous de visiteurs sur l'île ce jour-là ? Sûrement pas plus d'une vingtaine.

Ma tante avait été humiliée, profondément. Elle en était morte, morte de chagrin, de souffrance et d'humiliation. « Mon cancer, c'est mon divorce. » Elle avait rencontré Laurent l'année de ses trente ans, une sorte d'amour immédiat, rapidement ils avaient vécu ensemble. Il avait emménagé dans l'appartement parisien de ma tante, à deux pas du parc Montsouris. Du balcon qui faisait toute la longueur de l'appartement, de la cuisine à la chambre, on apercevait les arbres. Un appartement dans lequel ma tante et moi chantions, avec des brosses à cheveux en guise de micros, sur la voix de Tina Turner, debout sur le canapé, en pyjama. Cet appartement a été vendu en 2007, l'année où je suis arrivée à Paris. Quand je ferme les yeux, je peux encore sentir l'odeur des lieux, comme on enfonce son nez dans un tissu à la recherche du parfum de quelqu'un qui a disparu. Ma tante et mon oncle se sont mariés deux ans après leur rencontre, à Bénodet, en 1994. C'est moi qui ai récupéré leurs alliances. Celle de ma tante est un anneau doré avec des oiseaux. Des inséparables. Laurent était beau, avec de grandes boucles noires et, malgré ses vingt-cinq ans, il était évident qu'elles ne tarderaient pas à virer rapidement poivre et sel. Il avait toujours raison sur tout, même quand il avait tort. Ma tante l'avait quelque peu sauvé d'une vie compliquée, d'une enfance torturée. En 1997, ils avaient acheté une longère avec le projet de nombreux travaux de rénovation. Ils avaient en tête de faire des chambres d'hôtes. Ils étaient heureux de changer de vie. Ils envisageaient de faire un enfant quand ils seraient encore mieux installés. Puis, un an plus tard, pour rendre service à un de leurs amis, ils lui avaient proposé d'héberger sa fille, c'était l'année de son brevet, elle devait se concentrer, ils avaient de la place. Nous étions en 2000 quand ma tante m'a appelée pour me dire qu'elle savait de source sûre que mon oncle la trompait, elle avait des doutes depuis plus d'un an. Il la trompait avec la jeune fille qu'ils avaient recueillie un temps, elle avait un an de moins que moi, tout avait commencé à ses quatorze ans. Ma tante était dans une cabine téléphonique, j'étais la première à qui elle révélait ce qui allait bousiller sa vie. Cette révélation qui allait la conduire à la morgue. Elle le savait parce qu'elle avait mené son enquête, elle les avait vus de ses propres yeux, elle les avait suivis. C'est en rediscutant de cet événement avec ma sœur que s'est réactivé ce souvenir que j'avais occulté : c'est la découverte qu'avait faite ma tante quelques heures avant qui avait justifié cette filature. Dans la poubelle de leur salle de bains, elle avait trouvé un test de grossesse. Un an plus tard, elle vendait sa maison, quittait la Bretagne, abandonnait son rêve, pour revenir vivre chez ses parents. La suite, on la connaît. Quelques mois avant de mourir, elle est quand même revenue s'installer à Lesconil, et je crois que c'est à ce moment-là qu'elle a compris qu'elle était gravement malade, à moins que ce soit justement parce qu'elle le savait déjà qu'elle avait tout quitté pour retourner en Bretagne. Lui est resté au même endroit. Il y vit encore, j'ai trouvé son adresse dans les pages blanches, je suis passée devant chez lui, deux jours avant cette escale insulaire. J'ai vu deux voitures noires dans la cour, une table et des chaises en fer-blanc presque entièrement rouillées, côté jardin. Avant ça, j'étais retournée près de la maison qui avait appartenu à ma tante. Un kilomètre et demi sépare les deux lieux. La vue des routes qui bordent sa maison est éblouissante. On y voit uniquement l'immensité de la mer. Elle l'apercevait de sa chambre. Elle habitait dans une impasse, je m'y étais introduite. Deux petites filles brunes jouaient dans la cour, elles semblaient avoir le même écart d'âge que j'ai avec ma sœur, trois ans. J'avais fait demi-tour devant leurs regards intrigués. J'avais continué ma route et immobilisé mon moteur sur un parking devant le sentier côtier. Trois personnes étaient en train de discuter. Je n'étais pas sortie. Submergée par un chagrin profond, j'avais éclaté en sanglots, des pleurs sonores dont l'intensité m'avait surprise. J'avais soudain compris. Elle ne reviendrait pas. Jamais. Quand elle est morte, j'avais réussi à me persuader que je la reverrai. Bien sûr, je savais que c'était impossible, mais il y avait eu des jours, surtout au début, où cette pensée fantasque m'avait apaisée. Elle ne reviendrait pas auprès de moi, et visiblement elle n'était pas non plus revenue en Bretagne. C'était sûrement ça que j'étais venue vérifier, sûrement ça la raison de mon voyage quinze ans après. La veille de mon escapade à Sein, je suis entrée dans l'église de Bénodet, là où elle s'était mariée. J'étais seule à l'intérieur. J'ai revu ce jour d'août 1994. Les robes, le riz, la joie, nos rires. Elle était entrée au bras de son père sur *Song for Guy*, d'Elton John. Un hommage à Guy T. J'ai écrit dans le carnet d'or. Lui ai-je écrit à elle ? Me suis-je écrit à moi ? Sûrement un peu des deux. En réponse à la question de Sophie Calle, « Que faites-vous de vos morts ? » posée au visiteur dans son exposition au musée de la Chasse en 2018, j'écris dans le cahier prévu à cet effet : « Je klaxonne, en passant en voiture, devant le cimetière où est enterrée ma tante, je lui signale ma présence. »

Après avoir fait le tour de l'île côté nord, j'ai cherché un endroit où déjeuner, en cette saison, le choix était très réduit. Un couple était installé à la terrasse d'un restaurant de fruits de mer, hors de prix, avec des dessins de homards sur les vitres. Leur enfant courait après les mouettes, leur hurlait dessus, espérant que j'en fasse autant, j'ai toujours attiré les enfants. Je ne sais pas ce qu'ils décèlent en moi. Un peu plus loin derrière, j'ai trouvé la seule crêperie de l'île, un mobilier et des murs rustiques mais une vue imprenable sur la mer. J'ai demandé à être installée près d'une des fenêtres mais les tables étaient réservées à des groupes, quatre à six personnes. « On ne va pas mettre une personne seule à une table de quatre, et alors de six je n'en parle même pas. » J'étais la personne seule. Je me suis inclinée. Je n'ai pas fait d'histoires, j'ai pris une table de deux, plus éloignée des fenêtres, je voyais quand même la mer. Un homme d'une cinquantaine d'années est arrivé quand j'attaquais mon dessert, nous étions les deux personnes seules. Juste avant que je règle la note, la patronne m'a demandé : « C'est vous qui étiez à l'hôtel d'Ar-Men ? On m'a dit qu'il y avait une femme seule qui voulait rester mais qui finalement partait.
– Non, ce n'est pas moi. » J'ai souri, une femme qui voulait rester mais qui finalement partait, c'était tout à fait moi. L'inverse fonctionnait aussi, j'avais été une femme qui voulait partir mais qui finalement était restée. J'avais aussi souri parce que visiblement j'étais la seule personne ce jour-là pouvant correspondre à la description de cette femme mystérieuse. Je suis une femme seule. J'ai remarqué qu'une femme seule, ça intrigue toujours. J'avais encore souri car les nouvelles sur l'île allaient vite, je m'interrogeais sur les raisons qui avaient poussé cette femme à finalement faire le choix de ne pas rester.

L'hôtel d'Ar-Men, anciennement appelé la maison rose, en raison de la couleur de sa façade, est le dernier hôtel de la côte ouest française avant l'Amérique. Il ne compte que dix chambres et son restaurant sert un merveilleux ragoût de homard, selon les commentaires de ses clients sur Google. Ma tante y a sûrement dormi. C'est le seul hôtel de l'île. Quand j'ai repris le bateau, l'île de Sein n'était plus un fantasme pour moi, je savais désormais à quoi elle ressemblait, cette île sans voiture, cette île et ses cent vingt habitants. Cette île dont ma tante me narrait les tempêtes, cette île très basse, dont l'altitude moyenne est de 1,5 mètre au-dessus du niveau de la mer, cette île menacée. La légende dit : « Qui voit Sein, voit sa fin. » J'y ai plutôt vu une sorte de consolation, la confirmation du début de ma guérison. Certains scientifiques prévoient sa disparition pour 2050, Sein serait rayée de la carte, engloutie comme l'Atlantide.

*

Mon premier souvenir est celui d'un film. Il faut se méfier du premier souvenir : il est difficile de savoir s'il a réellement eu lieu ou si on l'a inventé à partir d'une photo ou de propos rapportés. Le mien est pourtant vrai, j'en ai la preuve, personne n'a pu me le raconter, il est trop singulier. C'est un film en noir et blanc que regardait ma tante alors qu'elle me gardait. Je ne me souviens que d'un extrait. Une femme va se laver les mains, dans les toilettes d'un bar. Avant de faire couler l'eau et d'appliquer le savon, elle enlève sa bague. La scène d'après, elle est désespérée quand elle se rend compte qu'elle a oublié de la reprendre, elle revient dans les toilettes, je vois encore le rebord du lavabo. La bague n'y est plus, elle l'a perdue. Mon premier souvenir est celui d'une perte et de la détresse d'une femme. Elle aurait pu ne pas la perdre si elle ne l'avait pas ôtée. Elle aurait pu éviter cette perte.

Je dévale les rues de Biarritz. Dans la rue Peyroloubilh, je cours vers mon enfance. Ma mère vient de m'appeler, mon grand-père maternel est tombé dans le coma, il s'en va progressivement. Je suis venue relire mon texte, que je viens de terminer, dans cette ville où je l'ai commencé. Biarritz, pour l'enfant que j'étais, signifiait le danger. C'étaient les courants qui pouvaient nous emporter. C'était ce couple qui avait été surpris par la marée, ce couple qui avait péri de cette imprudence. Juste après le phare. La chambre d'amour, c'est le nom que porte cet endroit depuis l'accident. Déjà à l'époque, malgré l'effroi, je trouvais ça merveilleux qu'ils soient morts ensemble. Aucun des deux ne survivrait à l'autre. Je cours vers l'océan, sur la plage du Port-Vieux, je remonte mon jean, pieds nus, je m'approche, une vague atteint mes genoux. L'eau est froide, douze degrés, je n'ai jamais craint l'eau froide. Je remonte vers la Côte des Basques, j'ai à nouveau ma mère au téléphone, elle est au chevet de son père, avec le premier roman de Joan Didion, *Une saison de nuits*, elle me dit « tu te souviens qu'un des personnages s'appelle Marta ? ». Non, je ne me souviens pas. « Et tu te souviens que le personnage principal se nomme Lily ? » Oui, ça, je m'en souviens, c'est facile, c'est mon surnom, c'est comme ça que ma famille et de nombreux amis m'appellent, mais c'est surtout comme ça que E. m'appelait. Il est midi, les cloches sonnent, je lui demande si c'est de son côté qu'elles carillonnent ou si c'est du mien et je comprends que là où nous sommes, dans deux endroits séparés par plus de quatre cents kilomètres, les cloches dans ces deux villes résonnent dans une simultanéité parfaite. Une heure et quart plus tard, mon grand-père, devant sa fille aînée, se redresse pour son dernier instant de lucidité, ferme les yeux alors qu'ils étaient ouverts depuis des jours, et les rouvre pour toujours. Je suis sur un balcon devant l'océan, je suis dans un lieu neutre quand ma mère m'appelle pour me dire « c'est fini ».

Je n'ai jamais trouvé ma mère aussi belle que quatre jours plus tard où, baignée par le soleil hivernal de ce 23 février 2021, elle lit les mots écrits pour son père, devant son cercueil, où le vent ramène ses cheveux près de ses yeux bleus. Notre caveau familial a pris l'eau au cours des dernières intempéries, il a fallu pomper. À ma question « le cercueil est-il abîmé ? », un homme me répond, avec beaucoup de pudeur, que le cercueil de ma tante est effectivement très abîmé, il n'est pas visible. Ma tante n'en finit pas de mourir. Ma grand-mère a des soupirs silencieux, « une femme apprend vite à souffrir en silence », quand elle réalise la disparition de celui qui a partagé sa vie pendant soixante-dix ans, je l'observe, elle m'émeut. Elle ne vacille pas, elle est forte, les femmes sont fortes dans ma famille. C'est sûrement grâce à ma grand-mère que j'ai eu envie d'écrire, d'écrire des histoires, elle m'en a tant raconté depuis ma naissance. Elle les racontait très bien. Tout d'un coup, comme un éclair, comme une évidence enfouie, me revient le récit de leur rencontre que ma grand-mère me faisait souvent quand j'étais enfant. « Je descends les escaliers, il entre dans la pièce, nos regards se croisent, je sais que c'est lui. »

Cinq jours après ses funérailles, je m'installe dans la pièce qui était son bureau. Je sens la présence de l'enfant que j'étais, qui s'installait sur le canapé pour le regarder ouvrir son courrier. Son coupe-papier avait une lame dont la brillance m'enchantait. J'accède à un souvenir plus ancien, à quelques mètres de là, je me vois enfant, assise dans l'escalier. Mes grands-parents me demandent si je veux partir avec mes parents ou si je veux rester là. Je ne peux pas répondre, je veux les deux. Je veux tout. Je ne veux pas choisir. Je ne peux pas choisir. Mon indécision prend racine dans les marches de cet escalier. E. me disait tout le temps « on ne peut pas tout avoir ». Je pensais qu'elle avait tort, j'y voyais un manque d'ambition, peut-être qu'elle avait raison. Et aujourd'hui je lui accorde la possibilité d'être sans doute dans le vrai sur ce point. Je me souviens d'un échange avec mon grand-père, un après-midi dans cette même pièce, pendant mon adolescence, j'entends encore sa voix qui me dit « ne cesse jamais d'écrire ». Je lui demande pourquoi il pense ça, il répond « je le sais, c'est tout ». Il ne lira jamais mon livre mais il est parti en sachant que je touchais au but. L'adulte que je suis désormais fait face à sa bibliothèque, assise dans son fauteuil, je sais ce que je fais. Sur le clavier, délicatement, consciente de la valeur de cet héritage, j'écris, ici, précisément, les derniers mots de mon roman.

*

Je m'étais mise à courir. Dans la nuit, les gens avaient vu deux adolescentes qui se couraient après. C'est moi qui la poursuivais, ne pensant jamais à reprendre ma respiration. Je ne devais pas la perdre de vue. Elle avait ouvert la portière si vite, j'avais immédiatement activé la poignée de la mienne. Nos deux portières étaient alors restées béantes, les clefs sur le contact. J'avais abandonné ma voiture. Elle essayait de m'échapper, elle avançait plus vite que moi. Ses jambes étaient plus grandes que les miennes. Je n'ai jamais aimé courir, je me fatigue très vite. Cette nuit-là, j'avais été très rapide. J'allais l'arrêter. Elle perdait en endurance, elle avait commis l'erreur de jeter un coup d'œil derrière elle pour s'assurer que je la suivais. Le son de ma voix, au départ de la course, qui scandait son prénom, avait dû lui permettre de localiser ma position par rapport à la sienne. Je ne criais plus désormais. Se retourner l'avait ralentie. J'étais à deux doigts de la rejoindre quand j'avais reçu un violent coup dans la poitrine. Une chaîne située dans la partie inférieure d'une barrière m'avait projetée en arrière. Je m'étais jetée dessus à toute vitesse sans la voir. Le bruit du choc de mon corps contre le métal avait mis fin à sa course. Elle était revenue sur ses pas, elle avait ri. Je n'avais pas pu rire. Je toussais, je cherchais de l'air. Je n'avais pas chuté, j'avais été stoppée en plein élan, c'était burlesque, c'était absurde mais je n'arrivais toujours pas à en rire. J'avais alors compris qu'elle fuyait toujours dans le but que je lui coure après. Je lui en voulais déjà.

Un mois après notre rupture, E. m'avait envoyé un texto pour me dire « je sais que je te fais souffrir, je comprendrais que tu ne me le pardonnes jamais ». La même semaine, elle m'avait appelée, elle pleurait et avait dit « je n'ai pas assez profité de toi mais je t'ai voulue et je t'ai eue ». Elle avait ajouté : « Je ne veux pas que tu penses que je ne t'aime plus, je t'aime toujours et tu me manques terriblement. » Dans ma famille, le pardon, c'était l'élévation. Ma thérapie m'avait permis d'aboutir à une conclusion qui m'avait surprise : j'avais le droit de ne pas pardonner. J'avais le droit de ne pas *lui* pardonner. L'attente et l'espoir qui en découlait ont créé chez moi, au fil des années, un état permanent : la désillusion. Cette désillusion a peu à peu entraîné la désolation. Contre toute attente, c'est à cet être désolé que j'ai fini par accorder le pardon.

La lettre de suicide de E. se termine sur les mots suivants : « Je repense à tous nos moments et surtout au jour où tu m'as emmenée à la mer, cette journée où j'avais oublié, en faisant des vœux devant elle, de demander de mourir. » E. était romantique, elle était romanesque. Elle était tout ce que j'attendais de l'amour. Le café où nous venions de boire un chocolat chaud fermait. Nous étions hors saison, il faisait plutôt froid. Pour ne pas partir tout de suite, je lui avais proposé de nous asseoir sur le muret qui longeait la plage. Je l'avais regardée, nous nous étions embrassées langoureusement, c'était notre premier baiser en public. Il n'y en a pas eu beaucoup, E. et moi étions pudiques. Et j'avais dit « je sais que je vais t'aimer toute ma vie ».

*

« *Maybe if I was less like me, she would love me again.* »

Je ne doute pas une seconde que E. m'a aimée. Du mieux qu'elle a pu, avec les armes dont elle disposait. Je l'ai vue dépassée par notre amour. Il était alors difficile de la rejoindre puisque j'étais moi-même la source du mal. Je voulais la consoler de la complexité de notre relation quand elle avait besoin que je m'efface. À tour de rôle, l'une de nous deux se sentait de trop dans la pièce. J'étais sa joie, sa souffrance, j'étais tout cela je crois. Elle était ma joie, elle était ma souffrance, elle était tout cela je crois. Nous nous sommes fait autant de bien que de mal, nous nous sommes autant construites que détruites, c'est dans l'équilibre que nous avons échoué. Aucune n'a su apaiser les névroses de l'autre. Elle exacerbait les miennes quand je rendais tangibles les siennes. Je n'ai pas été parfaite, je n'ai pas toujours fait ce qu'il aurait fallu. J'ai essayé. Peut-être l'aurais-je mieux aimée si je m'étais davantage aimée. Je ne cherche pas à nous condamner, plutôt à m'assurer que notre amour a existé avant de s'évaporer. « Certaines choses valent sans doute la peine d'être racontées pour la simple raison qu'elles se sont produites », écrit Maggie Nelson dans les premières pages d'*Une partie rouge*. C'était exactement mon projet, raconter ce qui s'était produit, raconter parce que cela s'était produit. Désormais notre amour dispose d'un endroit, je n'ai plus besoin de nous chercher, nous sommes dans ce livre, c'est ici que nous sommes désormais. J'ai pu dire que notre amour était solide. C'est faux. L'amour, par essence, est fragile. L'amour exige une attention particulière. Il a la beauté inquiétante et la fragilité des toiles d'araignées. Dans son atelier, avec l'aide de spécialistes arachnologues, l'artiste Tomás Saraceno constitue depuis plusieurs années une des plus importantes collections de toiles d'araignées au monde. Il se demande comment il est possible de voir à travers les yeux d'une araignée. Elle en dispose d'une multitude et pourtant elle voit très mal, à deux doigts de la cécité. Qu'est-ce qui demeure dans l'aveuglement auquel l'amour astreint, reste-t-il un espace au discernement ?

Je ne sais pas pourquoi on s'attache à certains souvenirs et pourquoi notre cerveau en rejette d'autres. Je ne sais pas comment il fait le tri. Je me demande si un souvenir est réellement fidèle à ce qu'on a vécu. Lors d'un récent repas de famille, nous avons évoqué le film *Seven* de David Fincher. L'histoire d'un tueur en série qui commet ses meurtres en s'inspirant des sept péchés capitaux. Nous nous sommes remémoré la scène finale : la scène de la boîte en carton livrée par une société d'expédition sur un terrain vague. Le personnage interprété par Morgan Freeman abandonne ceux interprétés par Brad Pitt et Kevin Spacey, juste après l'arrestation de ce dernier par les deux inspecteurs, pour prendre connaissance du contenu de la boîte, des centaines de mètres plus loin. Avec effroi, il constate qu'elle contient la tête de la femme de son confrère, décapitée par le tueur en série. Ma cousine, son compagnon et ma sœur ont tous maintenu qu'on voyait la tête à l'écran. C'est par cette image qu'ils ont entamé le récit de la scène finale. Je savais que ce n'était pas le cas, que par un procédé narratif ingénieux, le réalisateur l'avait suggéré et qu'effectivement le spectateur avait créé l'image, c'était la force de cette dernière scène. J'étais la seule à affirmer qu'on ne l'apercevait pas, qu'ils l'avaient simplement imaginée. J'avais alors demandé son avis à mon oncle, persuadée qu'il allait confirmer mes dires. « Tu veux parler de la scène de la tête ? » Il avait le même souvenir que les autres. J'avais fini par sortir mon téléphone pour leur montrer la scène sur Internet, ils étaient tous surpris que la tête ne soit pas visible.

Est-ce que je conserve les mêmes souvenirs de notre histoire que E. ? Est-ce qu'elle mentionnerait les mêmes images ou m'en rappellerait d'autres, que ma mémoire a naturellement occultées ? Je ne peux écrire que ma version des faits, la sienne serait sûrement différente. Elle ne raconterait peut-être pas la même histoire. Par exemple, elle dirait certainement que, contrairement à ce que j'écris, la dernière nuit, elle n'a pas dormi, terrifiée à l'idée de me perdre, et que c'est pour cette raison qu'elle m'a enlacée, pour conjurer le sort. « Je ne veux pas te perdre. » Cette phrase, nous nous l'étions répétée en boucle, comme si la prononcer plusieurs fois allait nous protéger. Est-ce que c'était de l'amour ? Évidemment. Sinon qu'est-ce que c'était ?

En 1983, Tom et Marta Becket se séparent. Il mourra neuf ans plus tard, auprès de sa troisième épouse. Marta ne quittera jamais le désert. Elle est de ceux qui ont su rester, de ceux qui ont compris qu'il est parfois inutile de partir ailleurs, parce qu'à coup sûr, ailleurs, on y sera introuvable. Au milieu de nulle part, elle a trouvé sa place. Cette place après laquelle nous courons. Dans le documentaire *Amargosa* de Todd Robinson sorti en 2001, à la minute 48, on voit Marta pleurer quand elle évoque la fin de son mariage. À plus de soixante-quinze ans, presque vingt ans plus tard, elle pleure encore. Tom l'avait humiliée. Il avait installé sa maîtresse dans un appartement juste à côté de celui de Marta et la présentait à tout le monde, comme si Marta n'existait pas. Elle dansera jusqu'en 2012, à la fin, elle dansait assise. Certains racontent que l'hôtel est hanté et rapportent des faits inexpliqués. Il serait devenu un lieu d'étude pour les afficionados des phénomènes paranormaux. Un passage obligé pour les convaincre que l'histoire ne s'arrête pas aux portes de la mort, pour aucun d'entre nous, qu'elle continue après, on ignore sous quelle forme chaque être continuerait de tourner. Dans la chambre 34 de l'Amargosa Opera House & Hotel subsisterait la présence d'une enfant qui se serait noyée dans la baignoire en 1967. La nuit, on entendrait ses pleurs. Certains prétendent aussi que Marta est toujours là, qu'elle erre parmi les autres fantômes. Il faudra que j'aille voir. Toucher cela de près. J'aime à penser que, lorsque la température extérieure le permet, dans ce bout du monde, Marta danse toujours, qu'elle danse dans le sable, dans le sable que le vent soulève. Elle danse pour maintenir en vie ce à quoi elle a cru, elle danse pour que cette croyance ne s'éteigne jamais et persiste dans cette immensité.

Nous naissons. Nous mourons. Nous ouvrons les yeux et ils se ferment. Que regardons-nous le reste du temps, entre ces deux mouvements oculaires ? Il paraît que toutes les parties de l'œil jouent un rôle dans la conversion de la lumière en images. La paroi transparente qu'est la cornée se trouve à l'avant de l'œil et a pour fonction d'assurer sa protection. Très sensible à la lumière, elle l'absorbe et la projette vers la rétine où l'image sera constituée. Si, à ma mort, ma cornée est prélevée, il est probable que la première image qu'elle révélera soit celle de E. L'amour ne rend pas aveugle, il contraint à une vision unique. Je l'ai tellement aimée. Elle était l'unique objet de mon regard.

RÉFÉRENCES

Page 19 : *L'Année de la pensée magique*, Joan Didion, traduit de l'anglais (États-Unis) par Pierre Demarty, Grasset, 2007.
Page 23 : *Journal de deuil*, Roland Barthes, Le Seuil, coll. « Fiction & cie », 2009.
Page 41 et 118 : *Passion simple*, Annie Ernaux, Gallimard, 1992.
Page 53 : *New York est une fête*, Michel Bulteau, La Différence, 2008.
Page 61 : *Rupture(s)*, Claire Marin, L'Observatoire, 2019.
Page 80 : *Nuit noire*, Renata Adler, traduit de l'anglais (États-Unis) par Céline Leroy, L'Olivier, 2017.
Page 82 : *Écrits corsaires*, Pier Paolo Pasolini, traduit de l'italien par Philippe Guilhon, Flammarion, coll. « Champs », 1976.
Page 109 : *L'Avancée de la nuit*, Jakuta Alikavazovic, L'Olivier, 2017.
Page 111 : *Sylvia*, Leonard Michaels, traduit de l'anglais (États-Unis) par Céline Leroy, Christian Bourgois, 2010.
Page 121 : *Feux*, Marguerite Yourcenar, Gallimard, coll. « L'Imaginaire », 1993.
Page 122 : *De A à X*, John Berger, traduit de l'anglais par Katya Berger Andreadakis, L'Olivier, 2009.
Page 137 : *Tout*, Sophie Calle, Actes Sud, 2015.
Page 151 : *La Passion supendue*, Marguerite Duras, entretiens avec Leopoldina Pallotta della Torre, traduit de l'italien et annoté par René de Ceccatty, Le Seuil, 2013.
Page 165 : *Une partie rouge*, Maggie Nelson, traduit de l'anglais (États-Unis) par Julia Deck, Le Sous-Sol, 2017.

L'UNIQUE OBJET DE MON REGARD
d'Aurélie Lacroix
a été achevé d'imprimer en avril 2023
sur les presses de l'imprimerie Jelgavas Tipogrāfija.

Éditions Cambourakis
62, rue du Faubourg-Saint-Antoine
75012 Paris
www.cambourakis.com

Dépôt légal : août 2023.
ISBN : 978-2-36624-799-2
Imprimé en Lettonie.